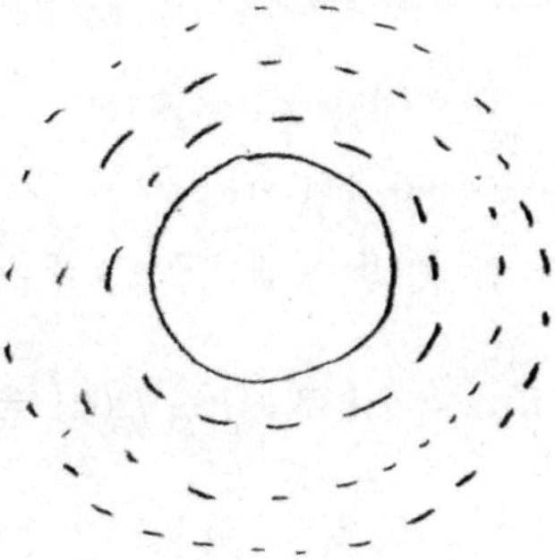

与地共生 给鸡唱歌

李盈莹·著

天津出版传媒集团
百花文艺出版社

图书在版编目（CIP）数据

与地共生　给鸡唱歌 / 李盈莹著. -- 天津：百花文艺出版社, 2021.6
ISBN 978-7-5306-8081-0

Ⅰ. ①与… Ⅱ. ①李… Ⅲ. ①散文集-中国-当代 Ⅳ. ①I267

中国版本图书馆 CIP 数据核字(2021)第 074440 号

天津市版权局著作权合同登记图字 02－2021－057 号

与地共生　给鸡唱歌
YU DI GONGSHENG　GEI JI CHANGGE
李盈莹 著

出 版 人：薛印胜
选题策划：张　雪　　**责任编辑：**张　雪
特约编辑：邱钦雨　　**装帧设计：**蔡露滋
项目合作：锐拓传媒 copyright@rightol.com
出版发行：百花文艺出版社
地址：天津市和平区西康路 35 号　　**邮编：**300051
电话传真：+86-22-23332651（发行部）
+86-22-23332656（总编室）
+86-22-23332478（邮购部）
网址：http://www.baihuawenyi.com
印刷：天津新华印务有限公司
开本：787×1092 毫米　1/32
字数：97 千字　**印张：**7.5
版次：2021 年 6 月第 1 版
印次：2021 年 6 月第 1 次印刷
定价：42.00 元

如有印装质量问题，请与天津新华印务有限公司联系调换
地址：天津东丽开发区五经路 23 号
电话：(022)58160306　邮编：300300

目录

推荐文

作者序

Chapter 1 小小平房

Chapter 2 给鸡情诗

Chapter 3 河边菜园

推荐文

在农村静静地革自己的命

田文社社长·over

好一阵子前，就从盈莹的好友H那里听到，盈莹在写一本关于鸡的书。然后我就等着，想要看这本书。

因为我着实好奇，盈莹在那间小小的白色平房里，到底安安静静地在做着什么？

她跟TN住的房子，跟我住的地方靠得很近。我们长条形的红砖房，前面是稻埕，稻埕的右边就是他们家，我们两间房子就这样像直角尺的两端放着。

虽然住得近，但是不知为何不太常遇到。

只有几次，像是七月底暑热正当头的时候，我们在稻埕晒谷，中午热到快往生，盈莹从他们家后阳台递出来一袋冰冰的，切好的凤梨。

另一次，是我们养的白色小公鸡叛逃，我到处找鸡，却找到她的也是自行出走的鸡，在后阳台放风。

我们的鸡都常常逃跑，偶尔经过他们家门口，会遇到鸡在路上瞎晃，我就会把鸡抱起来，抛回盈莹的鸡舍，有点像在《打愤怒的小鸟》(笑)。

虽然不常遇到，但我都偷偷观察盈莹门口的小菜园，总是打理得细致可爱，该给细竹枝爬藤的，就好好地每株安上一支。而那个神奇的、在房舍之间的畸零地架起的鸡舍，也总是干干净净，水盆食物端正放着，粗糠平坦地铺地。

看完书稿之后，我感到盈莹的确在那间小房子里革自己的命。

把生活现场，从都市搬来农村，并不代表就理所当然地会过起自给自足的生活，享受田园乐趣。

这样子的生活，要逐步舍弃许多东西。而有时候要丢东西，比要拿东西费劲得多。慢慢脱离对金钱的依赖、方便快速生活的习惯、每日工作就会有收入的安全感。这些东西都是一整套的，搞清楚哪些自己要，哪些不要，再找到自己能够合意又能实际执行的生活方式，是一个缓慢而激烈的过程。

盈莹正在做这些事，而且不疾不徐，我感到佩服而且欣赏。

而且在这过程中，她蹲得够低，所以她得以看见菜园草丛间，与土壤相接的那一方，构筑出来的微型森林；

看得见脚边的虫、头上的蝙蝠、土壤里的微生物。

农村的景物四季流动，日日都有不同的变化，但那些变化无声，不像街上招牌或是电视新闻，发着光嚷嚷着“你看！你看！”总是要想看的人才能瞧得见。

也看得够沉，所以她看得见物质的流转，厨余正在化成土，看得见空气、水、雨跟阳光的变化，看得见植物的心思。

盈莹也很敢看，所以选择直视肉食是什么。

我们直接在超市货架上买到，或是在肉摊取得，不会去碰触的部分。她自己养鸡，亲自拜托人把鸡杀掉，然后把心爱的鸡变成的肉吃进肚子里。这中间把自己的心思跟挣扎摊开来检视，一一地理好、想好，感觉到她不想含含糊糊地对待吃掉另一个生命这件事情。

在村子里生活，身旁不缺讲话打招呼的人。但许多工作，要能够好好地跟自己独处，不然做不下去。花时间蹲在一个地方除草、给菜疏苗，老半天都是自己给自己讲话。

看着这些一小篇一小篇的文字，觉得她跟自己聊天聊得很好。在喂鸡、扫鸡舍、折番茄侧芽、做腌渍洛神间，自自然然地心头冒出几段想法，给自己讲话，给鸡唱歌，拾缀成这本在农村生活的段落篇章。

看完这样的文字，感到心满意足。作为感谢，也许我的茄子收成后，我也在他们家摩托车车把挂个几条，让他们在茄子产季的茫茫大海中载浮载沉更久。

推荐文

农村让你重新检视自己需要什么

小间书菜店主·彭显惠

与李盈莹小姐未曾谋面，但她的《花东小旅行》曾是书架上的热卖书，这次受邀推荐她的新书，才知道是同一作者，原来她也来宜兰生活了啊，果然宜兰的土地是会吸引人的。

《与地共生　给鸡唱歌》讲了盈莹移居到农村后的极简生活，看着看着忍不住有会心一笑的感觉，不禁想到当初我们一家来到宜兰耕种的生活过程。盈莹看来也是同路人，在都市跟农村转换中没有所谓磨合衔接的那段痛苦过程，仿佛这片土地等这个人就已经等了很久似的。

对很多居住在都市的人来说，农村的生活简直不可思议，甚至有朋友告诉我，她没办法忍受住在周遭没有二十四小时便利商店的地方。而我们一家生活的深沟村，距离最近的便利商店骑车也要十到十五分钟，所以宜兰常被形容成“好山好水好无聊”。

然而我每天都好忙，忙的事项跟盈莹大同小异，实在不知道无聊是无聊在哪，我们每天看到村子里的人也都很忙，但那种忙是徐缓的、笃定的、沉稳而踏实的，那个忙是跟着节气在走的。鸡几点要喂、菜园何时要去、播种育苗该是什么时候、准备饭菜的时刻，从早忙到中午合该睡个午觉，下午还有下午的事头要做呢，如果遇上初一十五还要忙鬼神的事，忙各种手工制作的供奉的食品。然后文青如我们，还要忙着看山看水看日起日落看宜兰的流水淙淙，而日子就如此岁月静好的忙过去。

这样的生活最常被问到活得下去吗？有没有发现一件事？乞丐总是出现在市里，在农村只要你愿意劳动愿意做，也许无法置产、无法逛街购物买上大量非消耗品，但都饿不死人，只是看你对活下去的定义是什么而已。

在农村的生活，如果有种植有饲养，货币的确用处不是那么大，甚至孩子们都有邻居、农友们提供的旧衣可穿，不用像在都市，每到换季就得跑到平价服饰店大肆采购。我发现在都市里很多人不喜欢给自己小孩穿旧衣，现在也强调了所谓的儿童时尚，但在我们家，两个孩子都喜欢穿旧衣。旧衣柔软没有新衣硬挺，而且是不浪费物质的持续承接，这对孩子们从小的物欲教育来说是非常好的。其实我还曾很阿Q地问学校，孩子的学费可不可以用米来抵？当然不可以啦，但只要你知道自己的生活所需界线在哪，在农村不但可以活，还可以活得非常踏实与不浪费。

我们在宜兰生活后，慢慢已经不大能接受外食，除非必要或是我跟外子太累了，不然除了早餐都自理或是跟着农友们共食。对应到盈莹提到的远离物质核心，反而更清楚自己于自然关系中的本质，非常有体会与认同。我相信这并不是让人回到茹毛饮血的原始生活，而是在一种非常自然的情况下，农村生活可抑制人们过多的欲望，让你重新审视自己真正的需求到底是什么。

盈莹很精透地描写了宜兰乡居生活对她的意义，尤其今年我也开始自己操作菜园的耕作，特别对她文字里的种种皆有同感，从作物的种植到乡间可以看到的昆虫，乃至于种种的动物，都有了充满兴味的描述，也开启了很多人对于这种生活更深一层的认识而非虚无的想象。崩坏即是新生的开始，这绝对是一本有着联结平台实质意义的书。

作者序

唯一能让你安静下来的事情

或许人并不是厌倦或者想逃离什么，才从都市来到乡村的，而是人们本来就归属自然，才会在每回接触花草泥土的时候，心思渐趋沉静；也才会在与动物相处的一时半刻，因它们存在本身即具有的完美而着迷。

每日清晨，我听见那些毛茸茸的小家伙或抓或爬的声响，以及它们啾啾或咕咕的鸣叫，于此展开新的一天。它们是与我同栖生活的几只家禽，整日在后院扒土找虫、下蛋、理毛、洗沙浴。我们分享食物的不同部位，相互照看、喂养彼此，我常因它们古怪滑稽的行为而发笑，或被动物如神圣光照的野性充满，感到不可思议。简单清理鸡舍后，我会散步去菜园，照料如迷你森林般的园子，里头有各式蔬菜、辛香料、瓜果与根茎作物，以及闻起来微香微甜的野草。在那里我仿佛以巨人之眼穿透孔隙悄然窥探，探看作物细致的生长、丛间的野虫漫爬，以自身仅有的知识经验，试图理解土地自然径自流动的神秘幽微。

我难以言喻每回播下种子、满心期待雨水滋润，然后它们就真的奋力冒出新芽的那份感动；也难以形容从小鸡刚出生的第一天起，每日看着它们从原本比手掌还小的温热身体，逐渐长成横冲直撞的野蛮小兽，并亲眼看到母鸡如女性临盆般用尽全身力气产蛋的动人过程。

与土地及动物紧密结合的时光，即使生活总是围绕着相同的事情——把鸡喂饱、照料菜园、料理采收后的食物，却因为这样充满朝气与简朴气息的日子，我甘愿驻足平凡。

我想在众声喧哗的时代，如果有一件事能让你的心迅速安静下来，那么只需拥有这一件事就已足够了。对我而言，这件事就是耕作，日日在泥土芬芳、季节流转之间，见证作物使以静默的心机，用最具象的方式在你眼前展演生命力，是我人生中最幸运的事情之一。

有点歪的田园小品

跳脱概括下的乡村美好生活，以及那些大而笼统的感受，我期许自己用细微事物的切面，来吐露生活现场的细节与真实、美丽与艰难。于是这本书也谈及人类对于动物的隐晦情感、吃食所爱的甜蜜感伤、给鸡吃鸡的道德矛盾；抑或在看似恬静的农村，除了瞥见野地动物的生猛童趣、村人之间的鲜活互动，也同时混杂了些许乡野奇幻与恐怖元素，以小品文的轻快，想望如诗歌一样铿锵节奏，如电影或绘本那般染有画面张力。

在小村乡野与土地自然的丰饶元素之外，书的最后回归到现实社会与生存的本质，以“人与人之间”“人与物质之间”“人与工作之间”作为收束，描述了农村与都市截然不同的人际模式，以及透过采集山土、锯竹、拾木等过程，逐渐减低了拥有物质的企求欲望，进而连动身体与知识上的解放。并在这样以耕作、饲养、采集为基底的生活，挪出了余裕去思索工作之于人生的意义。

这一连串关于人生诸多面向的思考与尝试、怀疑与叩问，种种亟欲探询的背后，或许正来自内心强烈的渴望，始终渴望寻得一种更热切、更清醒的生活样态。

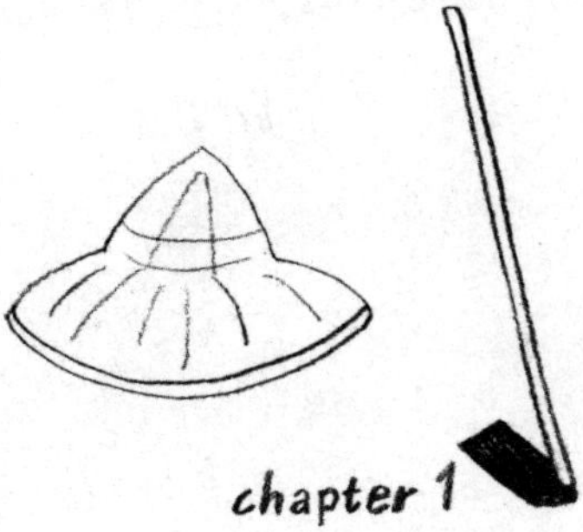

chapter 1

小小平房

Chapter 1 小小平房

楔 子

都市的公寓大厦像纸箱，隔着一层层其他箱子，听说底下有泥土。穿透纸箱孔洞，外头有少许蓝天。可是公寓好舒适，有冷气、电视机、自来水，而且公寓不会有路过的邻人往里头探看，也不会疑神疑鬼觉得隐翅虫好像在脖子上爬搔。

我与TN在春天搬到了乡野，一座白色的小平房，白墙旁有株芭蕉树，邻近也有几户人家，但大多是绵延的稻田。向外望去，远处棱线一方是太平山，一方是雪山，我们是兰阳溪冲积平原上的一粒沙。

平房的窗位没有对开，春夏承接泥土湿气，书柜层板、擀面木棍、小牛皮包，万物一概入霉。同时平房既是一楼也是顶楼，承接了日头炎炎，屋子里湿气与热气相互蒸腾，每当此时想开窗透气，总有些往来菜园的老人行经，无所事事往里头看一眼。因此，“要凉快还是要隐秘”成了单选题，想想还真是局促，内外交迫着。

回想搬迁平房之前，我们在台北近郊的一座电梯大厦，里头冷气、漫画、电影、书籍一应俱全，假日的时候我们玩桌游、看影碟，到地下室的住户游憩间打桌球，所有现代化的娱乐需求在那里被满足，因为隐蔽且舒适，那时的同栖生活仿如荒岛上的梦，飘然失真。

平房的生活与都市大异其趣，有时睡梦中就能被一旁种菜的阿嬷嗓音划破清晨，有时邻人推了纱门就要进来。每日醒来便出门喂鸡、巡菜园，夜晚则是外头急躁的虫子总想冲进屋里。于是关于平房，线内线外的界限模糊了，里面不是里面，外面不是外面，隐私感少了几分，世界大了一些，那扇好像不存在的纱门铁门，让客厅延展至鸡舍、菜园，以及菜园旁的潺潺小河与大山底下的一格格方田。

〈农村日记〉

小小的房子一天天塞满更多更杂的东西，从最基本的日常物件一路到帐篷、单车、农具……零碎满布，像是农村的一整天，时常就在零碎之中忙碌过完。

生活的繁杂细琐占据了大部分心思，门前种的九层塔、紫苏、刺葱、左手香；菜园的小黄瓜、丝瓜、茄子、秋葵，以及这几天刚接手管理的稻田需要锄草补秧、最近饲养的褐树蛙等着喂食活体食物。

谁扦插了要先放背阴处；谁喜欢半日照谁喜欢全日照；有人爱喝水，有人只喝一点就够了；有人长高了该搭设竹棚了；有人不施肥就是不长叶，有人施了肥反而引来一堆虫；有人吃虫，最近还活吞一整只蜘蛛，蜘蛛脚衔挂在嘴边好一阵子，用力紧缩背部，费了一番力气才一口吞入腹底。

喂饱了他们，我们也要吃饭，一日还有三餐。每日在喂养底下集团之余，还有买菜洗衣、采购下田鞋与锄头、育苗照养、装山泉水、网络运营商来装网络、房东差人来架阳台等鸡毛琐事。

除此之外还有突如其来的人际交往，A拿了父亲寄来的山药与香蕉，社大课后在门口熄灭引擎，进来聊天到夜半；B带了小儿来访扑空，隔日再造；C骑车送来昨天订购的手工豆腐，顺便带来我寄养的芦笋三株活两株的消息；D把他顾不来的半分稻田托付给我们，说田里的粉绿狐尾藻与福寿螺都交给你们做主吧；午后去市区跟E开会，路过F家买蒜头与红葱头各一斤，再送两根胡萝卜，回程跟G要了秧苗补秧用；H托口信说今晚去看萤火虫。

热闹且琐碎，琐碎且忙碌，即构成了农村，这里整齐不了、待办事项也永远完结不了，于是日日耕种日日吃饭，菜叶长大了，树蛙变胖了，我也脱了一层皮。

〈褐树蛙〉

在菜园遇到拇指大的褐树蛙，用透明塑胶盒装起来，带回家里。它张嘴吃了一口小瓢虫，黑色圆点坐落在腹部左侧，然而瓢虫对它而言太大了，于是在盒里放了一片凤梨，期待明日长成果蝇。生平头一次欢迎果蝇、热烈鼓掌欢迎果蝇来我家，但在果蝇造访前我已等不及，便提前学会活捉小飞虫，才知晓体型越小的虫要活捉就越不容易，一不小心就会捏死，偏偏蛙类挑嘴，尸体不吃、素食不吃，只要热切鲜活的生命，于是我与它建立起一套模式，我将竹签前端蘸水，借以粘住聚在日光灯管下桌面上的小飞虫，端送到它的面前，头一回它愣了很久才懂得吃，接着就毫不犹豫秒吞那些虫子。

今晚喂了八只小虫，我与褐树蛙宾主尽欢，每回它张口生吞的一刹那，我都能感觉它的吻部轻碰竹签顶端的细微撞击，它总是在吞入后随即眨了左眼一下，仿佛在诉说满足。

〈锅炉爷爷〉

为了防止上游的福寿螺随着灌溉渠道进入稻田里产卵，农友在沟里设了张铁网。只是，福寿螺没抓到几只，鱼虾泥鳅倒不少，本着好奇心，我把它们通通带回家里饲养。

待产的黑壳虾踢着它的卵，独自一缸；泥鳅与其他小虾一缸；美国螯虾会吃掉别的虾子，也只能住个人套房。换水时留点旧水再掺新水，三缸连续换像首流畅的诗。

红色饲料从水面洒落，缓缓沉降至水底，十足目的螯虾用它的钳子在缸底摸索，同时间三两只钳手夹住饲料往嘴里放，好像动画电影《千与千寻》里熬煮药材的锅炉爷爷，一只只利落的长手仿佛有探测器，自行感应与行动。螯虾跟锅炉爷爷，生物界里多工行进的完满典范。

〈白腹秧鸡〉

在平房与稻田间骑车往来，偶有白腹秧鸡过马路，从车上匆匆一瞥，总觉得它像戴着白色面具的弄臣、小丑，是我最喜欢的傀儡样貌，蹑手蹑脚，有几分鬼祟，面具底下奸诈又神秘。

它不像白鹭鸶或夜鹭那般常见，每次偶遇也只是几秒之内瞬间快闪，就急忙踩着它纤细的小脚羞羞怯怯地遁入林间，徒留我一人在路上，愣着上扬的嘴角，满心觉得它滑稽。

白腹秧鸡的模样虽可爱，叫声却有些恼人。春夏时节，从黄昏时刻起始，直至晚餐饭后，竹林间会响起一阵诡谲穿脑的“苦呀苦呀苦呀”，像是永不止息的循环鸣叫，与蚊蚋开始嚣行之际同步趋长，常让我在傍晚喂鸡的时刻感觉心烦意乱，很长一段时间一直以为是蛙鸣，后来才知晓原来是弄臣白腹在作祟。

〈乌鹜〉

五月的午后天气微凉，骑车去菜园的路上，忽然一串三个音节的奇怪声调从后脑勺窜过来，回头一看，是只全身黑漆漆的乌鹜，惊慌之余，回过神来只得拼命踩踏板，在两旁都是稻田的马路上直线狂飙，而它也一路锁定我又俯冲了三四次，每一次都伴随那可怕刺耳的怪音怪调，追了数十米才肯罢休。我忽然想起了那出曾在宜兰双连埤取景的老电影《稻草人》，影片一开始卓胜利在稻田间被美军空袭的画面，此时此刻感同身受。

一日到菜园耕作突然遇上滂沱大雨，赶紧溜进一旁工寮躲雨，独自伫立在工寮的遮棚底下等待雨事稍歇，却看见一只小花狗神色慌张地沿着小路跑来，后头两只乌鹜轮番低飞、叫嚣紧追，狗儿湿答答又咚咚咚地跑进工寮避难。

一位学农时认识、从小在宜兰长大的阿姨，就曾被乌鹜追得心慌，一时紧张撞进路边沟渠而住院。我想，没什么比从后照镜看见双翼展翅的黑色大鸟紧追在后还要更希区柯克的事了。

在乡下讨生活，无论对人或对狗而言，乌鸫大概就一直是农村里的甲级流氓吧。

〈猫道〉

小猫经过纱门前常转头望进客厅，看了一眼又缓缓走向前去，像无聊老人无所事事，探查邻里。有时夜晚屋内累积了西晒后的闷热之气，推开纱门在屋前透透气，小猫总会蹲踞在三合院的瓦片屋顶冷冷看你一眼。它后方高大的竹林在夜色笼罩下左右摇曳，屋顶上还有厚厚的青苔满布，而那片屋顶春天时长了几株龙葵小苗，由于土层不够，初夏便一一枯萎了。

小猫还不爱走正路，撒了粗糠覆盖的长槽盆常有它的脚印，路这么大就偏偏往我的盆栽里踏，三公斤的身体下陷，数周前播撒的百里香于是全没发芽，只好怪罪于它。乡野的纱门前有虫、有猫，有狗来园圃吃厨余，还有蟾蜍与迷路的鳖。夏夜的晚风微凉，门前的蟾蜍跳着跳着被虫网套住，随即在夜里晕着街灯黄光的柏油路上尿了出来。

〈半夜找鳖〉

耕作回来，见到家门前有一灰色物体在路旁缓缓移动，近看原来是只幼年的鳖，朝天鼻加上有点歪斜的两眼，陌生且怪异，见我屈身靠近就赶紧爬进墙脚稀稀落落的杂草间寻求庇护。想是七月收割，大型的收割机下到田里，它才从栖息地窜逃出来的吧！印象中鳖多半生活在水田与渠间，我于是把落难于陆地上的鳖拎回家，暂时放入水桶，计划隔日清晨将它送到清澈的水渠。

只是我低估了鳖的爬行能力。深夜两点熟睡之际，意识蒙眬间耳里传入尖爪在扒刮物体的声音，我突然惊醒，并立刻与刚养两天的小鸡做了血淋淋的联想，便慌张地从床上跳起来，冲到客厅确认纸箱里的小鸡安然无恙。自从养鸡以后，无论那些有爪的、长着啮齿的、有尖牙的，都是潜意识里被无限放大足以伤害小鸡的噩梦来源。确认小鸡平安后，看见空荡的红色水桶徒留几道泥痕，鳖竟用它惊人的攀爬能力越狱了！寻着地板上的泥浆，一路拖拉到书柜脚边，再转向到墙角的纸箱缝隙，那只鳖正用它的爪扒刮纸箱，我赶紧把鳖放回水桶。夜里盯着它观察了一会，发现鳖是用伸了很长的脖子使劲攀附桶缘才顺利越狱的。脖子仿佛是鳖灵活自如的第五只脚，同时也发现在陆地上行走的鳖，爬行能力比乌龟快了很多。

隔日清晨想到我怎么会夜深人静时在客厅找鳖，无论如何都是太不寻常的夜间活动。

〈稻禾间〉

随着气温升高，秧苗日渐繁茂，骑车经过放干田水准备含苞弄花的稻田，见到猫咪穿梭，它回头望向我，随即又匆匆钻进稻禾密布的龙猫隧道。

又一会经过了仍覆盖田水的稻田，两只野鸭在水道上滑游，见人停在马路上，就慌张游走，在仿若棋盘坐落的稻禾间九十度转弯。

〈蚊蚋星球〉

在菜园常是一翻耕一锄草就停歇不下来，往往做到天色朦胧才甘愿收拾好锄头，跨上摩托车穿越两旁都是稻田的小路回家。这时候奔驰的柏油路上总有零零落落的微弱声响打在安全帽遮罩上，起初我以为是细雨，后来才发现那些滴滴答答声竟是数以万计的蚊蚋一头撞上遮罩的声音，它们撞进了我快速移动中的透明星球表面，于其上哀鸿遍野，“啪”的一声结束了短暂的蜉蝣人生。

〈蟑螂做爱〉

连续两天夜里有奇怪的云，干雷瞬忽一闪给了大地几秒白昼，像有又像没有。“唔，刚刚有打雷吗？”可拼命打雷，雨却下不来，气温蓄积着闷湿，晚上蟑螂就一直跑进屋里，虫的爱欲交织，连蟑螂都尾部相连做爱起来。对着蟑螂骂×你娘，二话不说把卧房门缝用袜子堵住。

门外有怪物。

〈玉米森林〉

午后一阵艳阳一阵暴雨，雷声隆隆，万物都苏醒了，赶紧把晾在路旁的衣架搬进房子里。K捎来口信，说村里有人的玉米笋收获至尾声，明天将要铲平，唤大伙自由采收，于是我们戴起帽子、换上袖套、穿上雨鞋，抵达那片时常经过却不曾发现的玉米田。玉米植株高耸挺拔，一行行密植成林，每个人选定一行，隐形的鸣声一响，起跑一样弯腰钻入林间，展开寻找玉米笋的大业。春夏的空气濡湿，身体的汗水蒸腾，与玉米植株上的水汽，以及其上各色的蠕动昆虫，交融成一片五味杂陈的湿乐园。

玉米高大的植株让雨后清澈的天空变得狭长隐晦，数个钟头前我因为眼镜突然从中断裂成两半，当时竟以半盲的姿态在玉米田里穿梭，因为过于习惯有眼镜护目，好几回都不小心让玉米叶刺进我的眼里。禾本科的叶子大概都如同芒草一样，吸取了土壤中的矽，那个构成玻璃的元素，让它们变得硬挺且尖锐。眼睛刺痛流了些泪，想起那位年轻的导演克萨维·多兰（Xavier Dolan）曾有部《汤姆在农庄》，里头主角被那位加害又加爱于他的男子在典型美国式的玉米田里追杀时，旁白飘出一行映照主角内心的句子：“十月的玉米田，如刀锋一样锐利。”当下也对应照着自己的处境。

上头有红色胡须的玉米笋，像极了摇滚乐手狂野蓬松的红发，它们包藏在叶片之间，许多玉米笋因为来不及采收，长成了巨婴。朋友穿过层层玉米林，彼此对话，谁发现了隐翅虫要大家小心、有人被蚊子叮得想放弃了，所有都只得其声不见其人。我独自在玉米林底下，一路越采越有心得，就在几乎觉得要抵达跑道终点时，被唤了回去。此时有如被中断的梦境，停下脚步抬头仰望这片玉米森林，突然觉得森林好大，带有几分迷幻，我原先的想象力仅局限在蔬菜茄子建构而成的菜畦景观，顶多搭了丝瓜竹棚，便认为自己已创造如建筑般的体量了。但玉米，一粒玉米就可以长成巨人，然后密植的巨人站立成林，这么高大到把我淹没其中，穿梭不见他人，是农夫短时间内就能创造的一片森林。

玉米巨人轻轻一踩就倒地，明日它们会全部躺下，天空又会全部被看见，是玉米做的一场初夏的梦。

〈纱门〉

平房的前面是野地，野地的前方是稻田，稻田更远处是山峦，邻侧虽有几户人家，但邻人过九点就清一色全熄灯了。于是依循着趋光本能，晚上常有螳螂先生、独角仙小姐、金龟子小弟趴在纱门深情望向屋内，渴慕着它们的光，只要我轻推纱门，就迫不及待进到屋内。

螳螂先生的肩膀左右摇摆，最爱沿天花板散步；独角仙小姐如直升机陡上升天，最是吓人；金龟子小弟动作慢半拍，常常还没进到屋内就卡在门缝进退维谷，尴尬第一名。

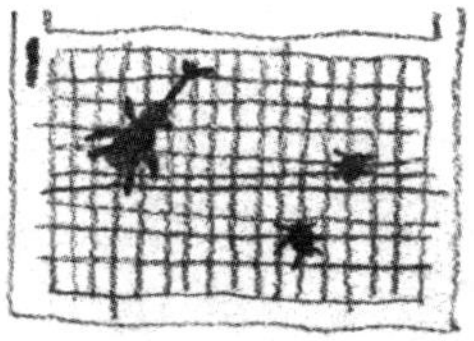

〈树屋〉

树屋在身处的当下并不觉得有异，只有在睡了一觉醒来的隔日清晨，突然想起昨日那幅难以描绘的超现实场景。

怎么可能有座自平坦泥地向上拔起的大树，让人平行于山的高度、树冠的高度，在更空旷的天空里相聚；怎么可能腾空的脚底下有田，田里行间有猫；脚底下有路，路上有人；脚底下还有房子，有蛙鸣，有生我养我的大地母亲。怎么可能？

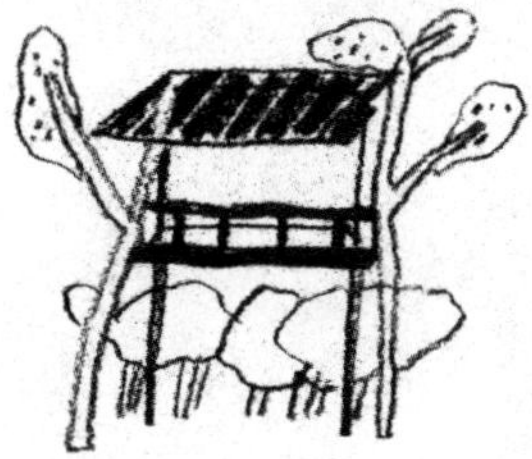

〈萤火虫〉

九月十八，已经熄灯的卧房飞来萤火虫，

在床边、在枕边，在风吹动的窗帘前闪烁绿色光点。

目不转睛侧转九十度，躺在你的肚皮上赏萤。

〈夜婆〉

是在很久以后我才知道，过往以为的鸟或许都掺杂了蝙蝠。

乡野在进入夜色之际，那盘旋在稻田、电线杆与民宅之间凌空群飞的黑漆动物，不全然是那些正要归巢的倦鸟，有些是黑夜降临以后，倾巢而出准备大肆觅食的蝠群。只是住乡下的人不用蝙蝠称呼，他们用闽南话称“夜婆”，也有人称“密婆”或“日婆”。

夜婆，夜里才会出没的老婆婆。初次听到这个称呼的时候脑海出现了疯癫女人头发狂乱的意象，满布乡野神秘。搬来宜兰后，我常在菜园耕作至天色昏暗，步行回平房之际，能在刚亮起的路灯下看见几只追逐趋光飞虫的蝙蝠。我想起从前在山上工作，夏季会在柏油路上捡到学飞失败的小蝙蝠，同事把它带回宿舍，调和蒸熟的蛋黄与牛奶吸管喂食，并在塑料泡沫箱上横挂竹筷，让蝙蝠倒挂栖息，它小小的脚趾奋力握住竹筷，从后脑勺望去，像挂着披肩的蝙蝠侠背影，懵懂而帅气，是我记忆里山上的小蝙蝠侠。

实在很想再次近距离观察蝙蝠，于是找来木料做了

一个蝙蝠屋，屋里有三间套房，其中一间稍大，是给蝙蝠妈妈育幼的总统套房。虽然时至今日，悬挂在屋檐下的蝙蝠民宿仍然乏蝠问津、住房率为零，但每逢暮色低垂，我已习惯抬头望向天空，努力分辨燕子啊、麻雀啊与蝙蝠的剪影差异，或许蝙蝠比飞鸟小了些、左右展翼较窄、尾部收敛、振翅更为密集。再者，哺乳类的蝙蝠为了猎捕空中的食物，在演化的漫漫长路上像变魔术般把手指伸得很长很长，并在腋下与指间长出了黑色薄膜，往三维空间里悠长探去。而鸟类的翅膀则是手臂一弯，前端指骨融合成一体，用着整条手臂在空中飞翔。每每啃食二节翅时我同步想起了自己前手臂那两条尺骨与桡骨，身体的证据历历，我们与鸟不远。

用手指飞翔想必比鸡翅膀来得机械精密吧，那些能在空中突然灵巧转弯的，想必是那个只在夜里出没且高深莫测的疯女人。

〈粉油腻麻雀〉

菜园旁工寮一只被粘鼠板粘住的麻雀，无力拍打着单边还自由的翅膀，却越挣扎越是无助。与鸟不熟，本想匆匆离去，但因为撞见了，逃不过内心重重的道德焦虑，最后还是把它拎回家。

用剪刀把麻雀黏答答的细羽与粘鼠板小心翼翼地分开，此时麻雀的嘴喙、羽毛与我们的心境都呈现胶着的状态。赶紧上网查问，查到可用色拉油帮助动物皮毛除胶，于是赶紧倒来一杯油，让它整身浸泡，再反复搓揉羽毛，不一会终于稍稍脱胶了。只是这么一来，将胶着感取而代之的换成了油腻感、一种清水怎么洗也洗不掉的厚重油腻，于是再次查问，查到撒面粉可以除油，便转身从冰箱取出平日煎蛋饼用的低筋面粉，一撒，油腻的恶灵退散！本是出于好意，但此时麻雀脖颈上的羽毛变得黏腻扁塌，长长的脖子显现出不寻常的细，一搓搓变得深色油重的鸟羽伏贴其上，眼前的麻雀好像生化怪物，完全没有动物该有的蓬松模样。

自责这一连串反倒像用我们的无知在恶整它，什么色拉油面粉的，是在料理食物吗？深感荒谬之余，还是用吹风机与钨丝灯帮它保温，只是隔日清晨，麻雀已经奄奄一息了。

事情过后偶然的机会下询问鸟类协会，鸟类协会的人员表示：“协会里捡到受伤的麻雀从来没有被成功饲养过，很奇怪吧！这种野性与生命力都极强的鸟类，却难以仰赖人为的饲养。”这是我少数近距离接触鸟类的经验，从前我完全不能明白鸟类的可爱，只是在麻雀受难事件后没多久，六只新生的小鸡相继报到，展开了我自己也难以预料的爱上鸡的旅程，也算弥补了对于那只麻雀一连串的失误吧。

〈鱼塭〉

昔日他们用石头砌了鱼塭，用以养殖鳗鱼，烈日下村人在红砖工寮内整装入箱，外销日本；如今他们不养鱼了，把鱼水放干，改养菜苗，种地吃饭。

初来这座小村时曾探到这里，四方的石砖围墙一座座绵延成许多相连的格子，里头草木丛生，间或开垦成一条条菜畦。我们沿着一米高的围墙看能走到哪，一路上断垣残壁，高高低低、上上下下，一会是墙外栽植的红甘蔗挡住去路，一会得屈身穿过桂竹的散枝。我说这像岩井俊二的《梦旅人》，那部以三个精神病患为题材的老电影，因为被院方规定不能出院，只好沿着病院围墙走，连接着一座座建筑外墙就走到了天边远方。我喜爱的男演员浅野忠信也因此片与女主演佐藤美和相恋。往后所有一行列走在围墙上的人们，所产生的末日边缘意象总使我想起这部片。

二十世纪六十年代这一带的鳗鱼事业曾经盛极一时，住家附近上了年纪的村人或多或少都有亲戚在鳗鱼养殖的公司里待过，后来因宜兰的气候寒冷不适宜养殖业，一家家陆续收了起来。时至今日，村人不只在池底种菜，也在鱼塭旁清澈的溪流种植空心菜，溪流上由泥沙淤积而成的迷你荒岛，岛上有空心菜丛林密布。“本地的原生品种，很重的空心菜味哟！”他们这样说着。

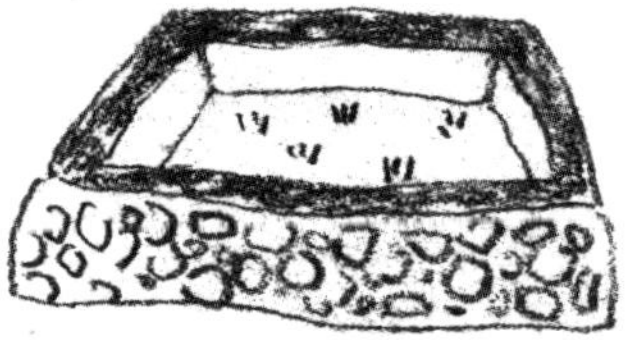

〈牛奶盒家庭成员〉

我居住的白色平房仿如一个牛奶纸盒坐落在这片土地上，隔着一层轻薄的纱门，里外不分。一回炙热的初秋午后，推开纱门准备外出，一条趴在纱门上正想找缝隙钻进屋里避暑的臭青母*，就这么匆匆在我眼前爬过去；有时吃晚饭发现灯管旁有小蜜蜂嗡嗡作响，不特别理会它，隔了两天后仍在屋里陪我们吃饭；又或者刚从菜园采来的小松菜，叶片上还留有雨后的湿漉之气，蜗牛、蜘蛛、蠼螋每每藏匿其间，就这么顺着洗菜的水流哗啦哗啦被冲入滤槽，一阵酒足饭饱后，它们不知何时爬出了碗槽，在光滑的白砖上缓缓挪移。

若说那些夜里趴在纱门上渴慕日光灯的甲虫是夏季夜里的常客，那么壁虎就是终年招至门下的常驻食客，隔着玻璃窗，外头的壁虎正上演皮影戏，两相交配或者打斗是偶尔的戏码，精细的小掌蹼则恍若雾里朦胧的珍稀奇物，而已经进到屋子里的那些，有的是正在蜕皮时被我撞见，有的则留下纺锤形的便便在桌上，用来证明它也是这间屋子的一员。

在众多一起生活在屋檐底下的生物之中，最令我惊奇的是螃蟹来访。虽说平房距离兰阳溪的灌溉支渠不过百米，我曾在河边菜园垦地时遇过螃蟹，也曾在鸡舍更换饮水时看见淹死在水盆里的螃蟹浮尸，但能在客厅转角遇到螃蟹的经历仍令我感到莫名不寻常。

蜗牛、蜘蛛、蠼螋、甲虫、蜈蚣、马陆、蜜蜂、壁虎、螃蟹，还有路过的鳖与蛇、猫与狗、一墙之隔的家禽，或者仍在屋内照养的几日龄小鸡，以及缸里饲养的泥鳅、虾与青蛙。我从未像现下这么深刻感觉到自己与土地上的众生万物共同生活，屋里屋外的界限被模糊，人与自然的分野也被拭去，我们都是寄居在牛奶盒里的一分子。

*“臭青母”：王锦蛇，无毒。——编者注

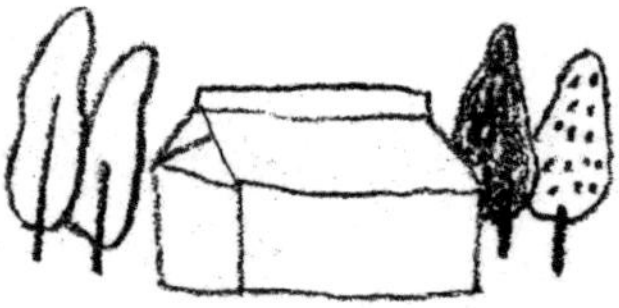

〈关于雪〉

周日早上把去年耕种的最后一批稻谷拿去邻村的碾米厂，碾完米随后到菜铺买菜，站在猪肉摊前看向笔直的小路尽头，远方的山都覆了白雪，说不出的奇幻、超现实。那是台湾许多地方都下了雪的那一天，二〇一六年的元月。

猪肉摊的木梁上停栖了几只肥滋滋的麻雀，偶尔飞下来偷吃摊上的生肉，正在心想原来麻雀也吃猪肉的同时，一旁的妇人向我们说道，自己四五十年没看过这样，现在接近中午已经融了一些，早上七点的时候，山头的雪更厚，劲水*，像月历一样。

"像月历一样""像月历一样""像月历一样"。我几乎能够想象在她老派的灶脚饭桌旁，墙上想必挂有一幅纸面上带点油烟黏腻的月历，每回她撕月历时都会看见京都的枫红或是富士山雪景，内心大概多少会激出几句赞叹。原来上一辈人对于歌颂美丽的形容词竟是月历，如此老派迷人，整天想到都会心一笑。

犹疑了一会，决定骑车前往双连埤，为了看雪。那条曾经往来几年的熟悉山路，两旁的山峦都间间续续覆盖了白雪，就连路旁一向给我热带印象的笔筒树，蕨叶上同样披了一层雪白，在视觉上予人很大的冲击，热带与寒带共冶一炉，矛盾违和。

抵达了双连埤广阔的山谷间，一位老人向我们攀谈，说自己从小在这里长大，以前这里都在布稻仔，冷天的时候稻田里顶多覆盖一层薄霜，活了七十年没见过像今天这般厚的雪。叙述的过程里他有点激动慌乱，于是那样的攀谈竟然近乎求救，我感觉他的惊讶快溢出来，无论如何得抓个人分享才行。

回到家后，看见双连埤再上去的福山植物园，熟悉的水生池、池边的草地与水杉，全变成白茫茫的一张照片。从前在福山森林样区做研究的前辈好奇着这山里的动植物生态会起什么样的变化。是呀，林子里那些山羌、猕猴、飞鼠、山羊，它们也是生平第一次见识这般大雪吧，想必跟我们一样惊慌都溢了出来。

*“劲水”：很美的意思。

〈无街之城市〉

我们所住的平房，房东在市区边缘经营杂货铺，房东的外公则居留农村，有些微的重听。一日上午他就这么轻轻推开纱门，走进你的家里，打开橱柜东看西看，左右探问。

移居农村之前是农历年后的空当，正结束一段高强度的工作，我利用大把空白的时间把伊藤润二所有漫画读完，其中一篇《无街之城市》，勾勒出一座怪异的村落样貌。在那里，房屋之外所有的街道上，都被人搭造了密密麻麻的违章建筑，因而原本作为家户之间缓冲的街道凭空消失了，于是本来属于家屋里面的客厅、房间，就成了行人不得不穿越的道路。

“乡下是个令人毛骨悚然的地方，你不觉得吗？”最初搬来农村时我这么问TN。

我们所住的平房紧邻一条小路，汽机车的引擎声偶尔行经，每回引擎慢下来总有他人要来造访的联想。卧房窗户外则是邻居的菜园，清晨我常为邻人母子形同吵架般的对话音量所吵醒。但其实他们没有在吵架，详听内容不过是讨论菜畦要怎么整、棚架该怎么搭、远房亲戚的丧礼该包多少、这回该派谁去等云云琐事，但那股地道且流利，宜兰特有的腔调就一字一句清晰打入你的耳里。

刚来的时候我还没替平房的窗子装上帘布，时常觉得自己的日常作息都被看进邻人的眼里与耳语之中，起床为盆栽浇水遇到邻人、喂鸡遇到邻人、骑车外出也遇到邻人，我向他们点点头，他们开始攀谈每月房租多少、在哪工作、结婚了没、有生小孩吗？一位从城市搬到三星乡下的朋友也聊到，邻人还会直接问她“是不是都很晚睡，看你很晚了都还没熄灯。”有时我会觉得乡野是否以热情之名，走着招呼他人的路，行更加理所当然的窥探之实，相对起来都市或许不全是冷漠，而是个人安安分分，不搅扰他人。

不过那一切或许是我从都市电梯大厦搬迁至乡野平房的强烈反差，而后我渐渐熟悉了哪一户住了谁、谁跟谁合不来，又或者谁是谁的叔公。我与TN为了闲聊方便，还私下替这些鲜明活跳的邻人取了代号——土拨叔、阿凉姨、芋仔伯、关门阿嬷……换他们也走进了我们的细碎耳语中。

〈阿凉姨〉

来到陌生的地方，一切都在摸索中行进。离我们最近的一户是隔着小路对面的阿凉姨，她的平房夹处于两条马路之间，是一块呈纺锤形的畸零地，平房一侧是她的菜园，另一侧则为稻田，在秋冬休耕之时会以水覆盖养息。倘若远远看着，常觉得阿凉姨的房子就盖在水面上。

刚来的时候，邻里的阿姨婶婆都会聚集在她家门口打四色牌，阿凉姨已是阿嬷级了，但顶着一头染成金色的短发，时常边锄草垦地边叼着烟，形成一种前卫感。她可能是很慢热的人，前期酷酷的，不太与我们讲话，数个月后的某一日却突然唤住我："你们是不是在找地种菜？"于是她将邻近旧时鱼塭旁的河边菜园让给我种，那片荒烟蔓草的土地搁置了很久，杂草已木质化并且高过人身，许多邻人曾向她要地，她都不肯，她还向我抱怨，这一带大家牵一牵其实都算亲戚，但有的借了地来种东西，就再也不还了，有的甚至问都没问，就占地为王。

她交代我，倘若有人问起，你就说这地是租的，如果他们问多少，你就含糊带过。我问为什么，她说："那么多人跟我要那块地，我给你却不给其他人，说不过去。”我再问那为什么愿意给我，她给了我一个相当奇妙的答案：“因为你们没有生小孩。”阿凉姨觉得，如果借地给有小孩的人，他们种久了就会把土地传给他们的孩子，就再也不会还她了。

洒脱外表底下，好微小好可爱的绵长思虑。现阶段的自己从没想过能长期拥有什么，对于一个房子是租的、稻田与菜园也是租来的，能持续使用三五年就已心满意足的人来说，觉得礼重。

〈树看起来不理你〉

宾哥是几年前在福山植物园工作的同事，从草创时期至今待了近三十年，那时年轻助理都住山上宿舍，傍晚会共同煮食晚餐，每天骑单车通勤的宾哥有时就带些自己种的蔬菜放在我的办公桌上，冷冽的山上生活总因此增添几分暖意。

几年过去，我又回到宜兰了，宾哥从市区搬回田间的屋舍就在我们平房不远处，我们成了邻居。偶尔饭后他们会来串门子，有时我去他们家，又顺道喝了一碗宾嫂拿手的香菇鸡汤。偶尔我起得晚，推开房门看见摩托车手把上挂了一袋冬季盛开的杭菊，车篮里有一纸盒鸡蛋，或者刚从土里挖来要让我练习栽种的苋菜苗。彼时办公桌上的那袋蔬菜，时移事往成了摩托车手把上的惊喜，它们静静地在那里，腼腆不说话，定格成我心底的一幕风景。

宾哥喜欢树，曾给我桑葚与香椿的树苗，让我种进屋前的盆栽里。在福山时我们有不懂的植物就会问他，他最爱说园区里黄藤与那株老树爱恨情仇的故事，助理一代代更替来去，我们都曾听过那个故事。

常听宾哥谈起小时候在清水地热的老家，于是某个闲散无事的周日，我跟着去探访他儿时居住的那片山谷，在荒地上勾勒想象昔日被水冲去的老房子与竹围，还有山棱上的童年宾哥与兄弟姊妹采野果的景象。唯独山脚下一整排莲雾树，迥异于一般会刻意矮化的果树样貌，呈现少见的高耸入天，那是宾哥父亲当年所栽植的。还记得那天宾哥望着树对我说道："很奇怪吧，人已经不在那么久了，树却在这里长这么高。"

我们还去了清水溪宽广的河床，漂流木遍布其上，宾哥用柴刀随意削下一块，便能从其气味、纹路、色泽判断树种：香气浓郁的是桧木、色泽灰白的是木樨科、有点状纹路的是壳斗科、木纹优美的是杉木。我不懂树，捡了几枝树皮像沙画的胡颓子细枝，当宝一样带回家。

在老家还没被水冲毁前，宾哥每天都要越过清水溪，步行到对岸的清水小学念书。九月开学不久后宜兰常遇上秋季台风，河床的路断了，请假在家的宾哥因此跟不上两位数的乘法课程，一回在黑板前紧张地写不出答案，就要被处罚之际，班长跳出来说："阿宾过不了溪，没上成课！"多年后宾哥把老家那块地让给人免费种橘子，而那人就是当时的班长。

清清淡淡的一个下午，浏览了宾哥一生的住所与工作，我问他最喜欢哪个家？清水的老家，还是后来搬迁到溪流对岸的屋子，是市区的社区住宅，还是现在落脚的田间屋舍？宾哥想了想告诉我，他一生就这样做了几个工作、住过几个地方，能有个遮风避雨的地方就满足了，不会去想喜欢不喜欢。

像树一样扎根下来，安身立命，沉稳而静默。宾哥在距离清水溪不远的岸边陆上种了几株土肉桂，会一直在那里很久很久吧。往后的我还会再换过几间租屋、去过一些地方，但有一天也会在泥地里种下几棵树。

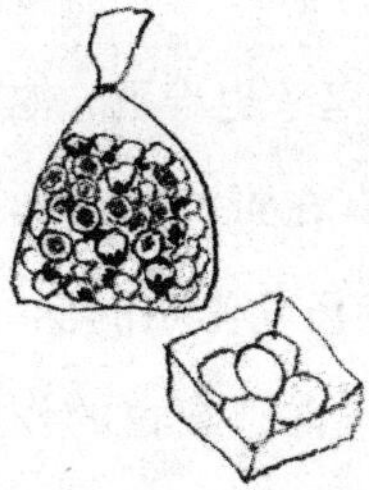

〈老挝农夫〉

Xay（音译为“哉”）是来台定居的老挝人，几年前与妻小搬来宜兰，就住隔壁巷子。Xay有东南亚人的开朗乐观，以及东南亚特有的黝黑与笑容，喜欢喝酒、唱歌、弹吉他。Xay有种稻，一回发现稻子被玩得东倒西歪，并在泥间发现了山猪脚印，正巧TN的双胞胎哥哥来家里借住，当晚三人喝得醉醺醺地跑去田间说要抓山猪，结果头灯一照，林间一对动物双眼反光凝视，三人吓得跑回来。

稻子收割的季节，Xay割下新鲜的稻管，用小刀削尖吹口与出音口，以稻笛吹奏出声响。Xay也养鸡，他告诉我在他的故乡，老挝的山上，仍存有在野外生活的野鸡，当地猎人会携带一只母鸡，让它发出咕咕咕的低鸣，好引诱公鸡出来。Xay还有种菜，他用自己栽植的作物来料理家乡菜，把茄子在炉火上烤至表皮焦黑，剥皮后捣碎加入蒜头、辣椒与香菜；或是用莴苣把鸡肉、米线、芹菜、九层塔、葱淋上柠檬汁包裹起来吃，他是我见过最会灵活运用香料植物的人。园里采收了叶菜，他会放进汤里煮，可叶菜从不切段，喝汤时会有很长很长的一

条菜，就像在他的家乡高丽菜也是整颗蒸熟、整叶拨下来吃那样的豪迈。

Xay教会我们如何煮出地道的泰式酸辣汤，让我怀念泰国食物的味蕾能够被平抚。来农村的第一年除夕，他因为年节期间要去市集摆摊，我们因为要喂鸡，三人滞留在乡野，那夜满桌的台湾菜与东南亚料理，吉他的线弦一刷，TN奏起庾澄庆翻唱自泰国LOSO乐团的流行歌曲《命中注定》，Xay则用软语呢喃的泰文哼唱原曲，一样的曲调，两样的语言，度过三个异乡人的除夕夜。

〈险沟与菅芒巷〉

邻近几个村落，在生活了数个月后，我按图索骥查了地名的由来。深沟村原是古时一条深达五十米的沟道；蓁巷村的“蓁”指的是菅蓁、菅芒的枝干，从前密如林的菅芒，被古人用双脚走出一条巷；外员山机堡圆弧形盖状的水泥量体，曾经是战机临时停放的地点。

深深的沟、走出来的巷、来回盘旋的战机，想象大地并不一直是如今驯服过后的平顺，它曾是险沟恶水，荒烟蔓布，古奇且野蛮的；曾几何时才是眼前这样，水渠是静的，土地是平的，草是低于人的样貌。

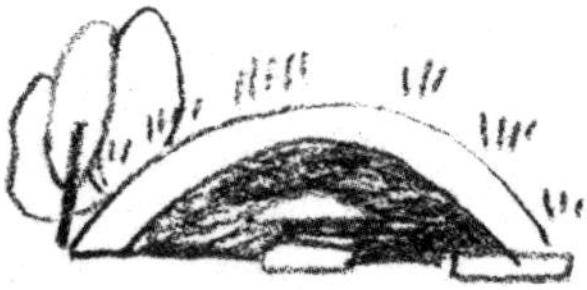

〈山里的内城〉

邻村之中，我最喜欢青山环绕的内城，每当从那座金光喜气的红色牌楼穿越以后，好像就能在平地与山的边界发掘到新鲜的事物。它让我想起南澳乡，两者都给人一种薄雾迷蒙的印象，前者是山的水汽，后者是海的。

宜兰的湿气重，每当艳阳高照的时刻，村人都会趁隙把棉被拿出来晒；将要起雨时也必定有人出来大声嚷嚷，提醒要落雨了快收被单。阿凉姨说宜兰流传着一句谚语："早冬看山头，慢冬看海口。"早冬指的是上半年，慢冬是下半年，上半年要辨识是否下雨，要看山头；下半年则要看海口，壮围头城一带。下半年我们这山脚下的村子铁定是看不到海口的，但至少上半年能往内城那望去，看聚集在那山的岚雾多不多，看那的天空是清澈或者灰蒙蒙。

〈定时狂欢〉

搬来农村两年，第一年什么都是新鲜的，极速探索；第二年归稳于一份寻常，却因重复，逐渐看出脉络。每年四月清明前后，村人开始腌梅子；五月中旬路旁竹篓晒着一块块切成正方体的豆腐，准备做成豆腐乳；六月到来会晒粽叶来包粽子；七月竹竿挂着甜甜圈一样的冬瓜切片；同样的竹竿在农历新年前挂上一条条咸香四溢的腊肉。此外，连续晴天他们会在野地燃烧平时堆置的木材竹材，以取得草木灰作为根茎类的钾肥，然后每月农历十五庙里有兵将会，每年缴上千元新台币这天就有办桌可吃，当然还有一年到头各地庙会为神明举办的庆生，逢庆典之日，歌仔戏接连演出，平日九点就早早入睡的老人们，也在这日的午夜狂欢不睡。

在这里生活生活着，耕作耕作着，总能在四月发现了第一只飞进卧房里的萤火虫。五月天气转热之际，那条前往菜园的小路旁，光蜡树上爬满吸取树皮汁液的独角仙，吃饱喝足后举办甲虫的性爱派对。五月底乌鹙开始育雏，每当行经电线杆都成了疑神疑鬼的神经质路人，还有七月那座山脚下的野生莲雾必定结果，八月海边成

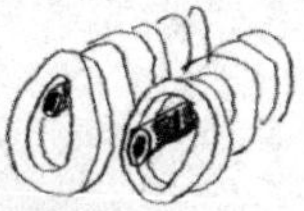

排的桑树满是桑葚。

村人如犬蚁奔波采办，虫与果树在各个季节定时狂欢，他们分头忙碌，在大地上蜷伏骚动，是时间到了便着手行事的规律者。

〈端午沐浴之必要〉

几年前还住在都市，来到宜兰进修农业课程，借住在福山同事黄姐的家。那年端午节为了替当时出版的新书做宣传，因此上午骑着单车横跨宜兰桥去录音，因为提早抵达，被安排坐在会客室的沙发等待，一旁老式收音机同步放送主持人在录音间播报的当日新闻与路况：“礁溪二龙村的龙舟竞赛已蓄势待发、宜兰河的龙舟竞赛队伍整队中，以及中山路的自小客车擦撞……”一会又接获原通报者“趴趴熊”来电，事故已解除。

那是一段家常而愉快的现场录音，原定三十分钟，但当日路况出奇的少，所以主持人提议将时间延长，聊了一个小时才结束。

录音完毕我骑着单车回到黄姐家，与他们共享端午节大餐——粽子、桂竹笋汤，以及长豆角与茄子，这些都是端午节前后盛产的食物，他们说端午节要“呷豆呷搁老老老，呷茄仔呷搁会摇*”，在开始种菜以后，才发现这几样蔬菜真的是在盛产之际吃都吃不完的作物。

用餐到一半，黄姐的表姐也来访，踏进屋里便绕着厨房与客厅满室热闹，聊她刚从礁溪泡温泉回来，并谈及今日礁溪的人潮不少。我好奇着时值六月大热天为何正中午要泡温泉？原来传统地方的村人认为，端午节午时之水富有能量，足以洗去一整年的秽气，因此有闲情的宜兰人就会趁这时候跑去礁溪泡澡，说着说着，约莫中午十二点四十五分，黄姐的手机响起，她以闽南语应对道：“我在等你来才没有去洗，吼啦吼啦，既然你晚来，我先去洗身躯。”语毕后就迅速掌握灰姑娘的最后十五分钟匆匆爬上楼去，不一会再带着刚洗完湿漉漉的头发走下楼来。

恍恍然从天空鸟瞰，渺小丛聚的屋舍散落在辽阔的兰阳平原上，我想象全宜兰人都抓紧时间在这两小时内洗了澡，在各式各样的浴室与澡堂里，一幕幕分割并叙的组合镜头在我脑海播映。

对当地人而言，每个时节都有其专属且独一无二的阶段性任务吧，年年如此，使命必达。对比乡野的人，我想起自己不只在工作形态上背离了体制，周间不周间、周末不周末，节日于我而言也显得如此稀薄，便有些欣羡他们能这般投注于其间。

*“会摇”：活泼的意思。

〈乡野租屋奇谭〉

白色小平房算来只有四十平方米，倚着边墙的厨房、一间浴室、一间卧房、后方一座小阳台，不算大的客厅里渗透了一些本该属于室外的物品，诸如脚踏车、碾米后的粗糠包，甚至有段时期还放了顶帐篷，吵架的时候分房用。

小房子的好处是租金相对低廉，并且便于打扫，还意外激发我们对于空间调度的创意潜能。翻开屋顶轻钢架上头的层板，我们挂上绳子，吊起横列的竹竿让雨季也能在室内晾衣服；除此之外，也把登山背包钉挂在墙板上，或用废弃栈板制作木柜，尽可能让物品垂直配置，一一长出翅膀往高处安栖。

但偶尔我仍想要一间独立的书房，一处足以安心工作的场所，这时想搬家的念头就会隐隐蠢动。于是一边住着百分之八十完美的寓所，一边漫不经心地寻觅他处，就这样陆续看了几间房子——有点奇异的房子。

家住邻村、在院子里自己搭建树屋的朋友，告知我附近有张贴了红色租屋字条的双层楼房，距离我们租的菜园很近。某日抵达后敲了大门，一位骨瘦如柴的老人打着赤膊缓步走出，他原先正在书桌前边听广播边吃橘子，而那副桌椅是一楼那座毫无隔间的空间里头唯一的家具。环视一楼，墙面与地板仍维持在工地状态的水泥粗坯，几摞旧书杂志堆叠于地板，屋里一侧原有两扇大窗，不知为何从外头砌了整面红砖把墙封死，屋内因而显得昏暗。沿着没有栏杆的水泥楼梯爬上二楼，床铺旁有几个生日蛋糕用的塑料泡沫圆盒盖，倒放盛接屋顶的漏水，再步上顶楼，眼前是前所未见的静谧辽阔，像是爬上了小村的屋脊，伫立在这座缓山环绕的山城中央。

实在是醉心于登上顶楼的感受，几乎想为了这份心旷神怡租下此屋，只是贯穿了一二楼，顶多见到位于阳台一处仅容纳马桶的小隔间，却始终未见浴室所在，就再问了阿公盥洗的地方，他说："在一楼，我带你们去看。"于是从二楼阶梯一步步走下来，阿公指向角落，那块仅由五厘米高的泥作小槛所围绕的方格区域，即为老人口中常人概念里的厕所围墙。我们目瞪口呆之余，再追问："那……莲蓬头呢？"阿公说他比较节省，会到户外沟渠打水回来这里洗澡。"噢……那……排水孔呢？"阿公说这比较麻烦，洗完澡后要一勺勺舀到户外。

我不是没经历过台南佳里烧柴煮热水的老式盥洗，或者东部海边梯田竹围的半户外淋浴空间，但这已全然超乎我的想象。况且阿公并不穷，他退休后就在这间屋子住了二十年，邻近还有另一栋屋子正在收租，他以并不觉得奇怪的姿态在说明这一切，仿佛理所当然。我感觉自己正片面闯入他私密且奇异的生活领域。

我们也曾到三星的乡野看了间三百多平方米的大平房，方正的格局里有诸多房间，一同前往的友人无意发现了其中一间房特别浅，若从房外墙壁的长度来对照，有一种很晦涩且不易察觉的差异，问了房东那间房后面还隔有什么吗，他支支吾吾交代不清，只说出入的门在另一侧，现在不方便打开让我们参观。

儿时读的《格林童话》有篇《蓝胡子》，城堡里有许多房间，女主角被交代最小的那间房不能进去，但在好奇心驱使下她仍然悄悄开了那扇门，只见房里吊挂着蓝胡子前妻的尸体，一时之间如同斯坦利·库布里克的《闪灵》，大片鲜血从墙面翻腾涌出。我当然并不觉得那间隐晦的空间非得有什么不可告人的恐怖事件，只是倘若我们无所察觉、未曾开口询问，那间屋子就这样硬生生吞了一口不知名的隔间，附属了一场未知于日常生活之中。

回头想想小房子其实蛮好的，单纯可爱容易掌握，百分之八十的完美或许即是完美。

chapter 2

给鸡情诗

Chapter 2 给鸡情诗

楔子

关于饲养动物，我仅有儿时与家人短暂照顾过一只小狗、姐姐养天竺鼠咬破了妈妈的布鞋，这类稀微的记忆，从没有全权自主养过动物，没有从想法到实践，正式担负起另一条生命过。养鸡以后，我与鸡的生活是这样：我种稻吃米、鸡吃米糠；我吃菜、鸡吃菜的蒂头；我吃果肉、鸡吃果皮；我吃肉、鸡啃骨头；我耕作、鸡吃周边的杂草。尔后我逐渐理解到，那是一段与鸡紧密同栖的时光，在我的生命中，曾经确确实实地与这群毛茸茸的小家伙共同生活了一些时日。

或许每个人都有接触动物的需求。养鸡的初始，我时常在睡前期待着明天的到来，心想：“明天一早就能去看鸡了！”便期待不已，有时等不及，夜里拿着手电筒去探看它们，扰鸡清梦。此外，它们也时常跑进我的梦里，跑进我日常随意哼唱的歌里，于是鸡作为地球上全体动物的代表，以家常之姿维系着我对广漠土地上与其他物种的联结。

从屋内一窝有着黄色绒毛的小鸡起始，到满月后放养户外。从鸡之间的霸凌行为，到鸡只逃逸与失踪事件，到六个月后开始下蛋，以及面临熟龄即将要杀鸡的问题。过程里有狂喜与满足，有痛与罚，但我始终都庆幸能穿越整个过程、整趟旅途，感受鸡的滑稽、鸡的演化线索，以及动物专属的神秘。

〈整地，一座平房的潜能〉

我们所住的平房与隔壁闲置的老屋仅隔一条一米宽的防火巷，虽说是窄巷，但因老房低矮，正午前阳光能照进狭长窄巷的左半边，整体而言不至于阴暗。窄巷延伸出来，门前电线杆下还有一块畸零的三角圃，我们着手除去上头的芒草、杂木、之前乱入的果皮、木板下密生的白蚁卵，还有一口被盖上腐烂木板的古井，当掀起木板时，还能感受到井口一股沁凉冷风自不知名的地底深处吹来，阴森莫名。

来回了几十趟，到百米外鱼塭墙河流边的沙丘取土，那座邻人供给我们的土堆，用推车往返运土，把水泥底部的防火巷与这块畸零地覆盖起来，为了养鸡。

沙土覆盖了古井，月底稻穗收割后的粗糠再来覆盖沙土，木造的鸡舍将坐落其上，养鸡的梦逐渐成形。

〈买鸡，外地客与本地种〉

整个七月都在想养鸡的事，想疯了，迫切想养鸡，渴望养鸡，想看鲜黄色的小鸡啾啾，想为鸡建造房舍，想果皮菜渣有所归属，以及想吃土鸡蛋。询问这一带有两处买小鸡的地方，其一是南馆市场，那座超现实的天井建筑体，卖的是南部来的鸡，依照性别、品种、一周或数周大来定卖价；其二是员山街上的孵蛋店，是当地居民将家里受精后的鸡蛋拿去铺里机器电孵，是宜兰本地种，自然繁衍，代代相传，长大后花色不一。两相比对后多想跟孵蛋店预订，但老板娘极力劝退，说这些刚孵出来不到一周的小鸡对新手来说太过棘手，加上刚出生分辨不出性别，就算认个数来只，也不一定能确定是母鸡。

听取孵蛋店的建议，来到南馆挑了六只母鸡。店家铁笼里的小鸡就站着打盹，练就一秒入睡的能力，醒来后会向后伸伸小脚，活络筋骨，我们一只只拿起来看，挑选了屁股附近没有沾黏粪便的小鸡，以此判断健康程度。这家店铺只卖一种鸡，老板用闽南语介绍是“相打鸡”，我们似懂非懂地点点头，直到后来才了解，原来相打鸡就是斗鸡，有着高挑的脚、较易飞的长翅、身型修长挺拔、性格比较好斗。不过还好经过长久驯化，这种斗鸡已改良为肉用斗鸡，跟印象中常斗得头破血流的不甚相同。

两个人的摩托车座上，中间夹着一盒鸡崽，一路飞驰回家。我抱着纸盒，听见六只生命在里头叽叽喳喳鼓噪着，途中它们会透过纸盒上的开洞，用细小的喙啄啄我的手指，展开了初次的接触。

〈六只女儿〉

半夜巡房，六只女儿睡得软绵，从粗糠垫料的巢里溢了出来，鸡脖子像蛇那般曲折且长，垂挂到地上。清晨起来，确认它们还活着，回头补眠，半梦半醒听见小鸡叫得大声且急促，蒙眬之间以为小鸡的纸箱被猫咪入侵，结果只是邻人的吵架对话，我竟把内心的恐惧代入。

养鸡三日，成了母亲。母亲神经质，一外出便是思念，一回家便是确认；母亲把屎把尿，脑海张贴各式鸡屎颜色外观的编目表；母亲建造鸡舍手掌起茧、臂膀敲打出肌肉，母亲有些痴迷。

活下来了，小鸡不再发抖，并排出美丽的棕色的便便，获得外出放风的门票。一米宽的长形院子，刚填的土还没长出杂草，只有墙角的海金沙与肾蕨绿影婆娑，像小鸡的芭蕉叶那般乘凉，它们啄沙子、啄蚂蚁，谁咬到了蚱蜢便众鸡振翅齐追，像全场的篮球赛，争夺蚱蜢球。

每只鸡有自己的性格，它们不是工业化的商品罐头。白色的那只最好斗，会啄别人；深橘色的爱发懒，每回放风没玩几下就用后腿踢土窝着睡；金黄色的最亲人，我最喜欢把它两脚朝天握在手里，它会如婴儿般闭上眼睛慢慢睡去，也喜欢从腹部盛起，感受小鸡暖乎乎的体温，它金色的脖子会像河流蜿蜒至我的手腕。

婴儿的时刻总让人想哭，一面是生命的温柔，一面是几克的重量。

身边的人都预料我会舍不得吃它们，说它们会变成宠物鸡，这迫使我提前去想这个问题，但我其实没觉得不能吃，对我而言，只要小鸡活着的时候是阳光与风，泥土与虫，那这一年半载的快乐也是完满，尔后一刀结束，再次迎接新的生命，如此循环。

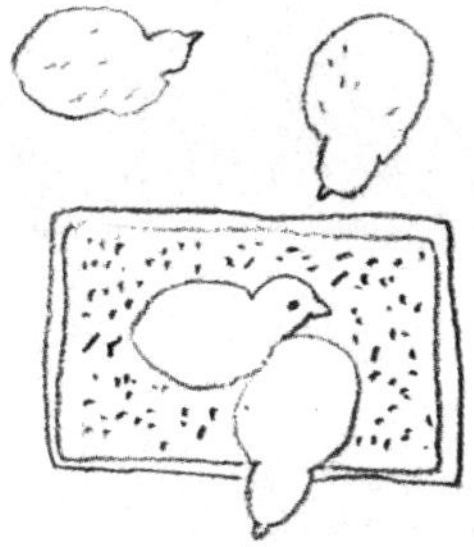

〈提醒事项〉

放养小鸡时不宜穿着带有纽扣的长裤，六只小鸡会环绕着你啄啄右边口袋的扣子、啄啄左边口袋的扣子：叩叩叩，口袋里面有人吗？也不宜穿着衬衫，小鸡会跳上坐在椅凳的你的大腿，啄啄胸前的扣子、啄啄小腹的扣子；当然更不宜卸下心防弯腰种菜，小鸡会直接跳上你的肩背，然后你会一秒变成蔡康永。

〈遛鸡〉

缩小成一只幼年的鸡，

怯怯然穿梭在茴香森林、黑豆森林，

偶尔想起要躲在你的脚边，

在巨人的菜园里，躲在巨人的脚边。

〈滑稽〉

为了避免吹风受寒，小鸡平时住在屋内纸箱里，晴朗无风的天气就带它们到外面活动，直到满月才正式移居户外。后来舍弃了路旁的三角圃，决定把鸡舍放置在填土窄巷的后头，较为隐秘安全，并在小巷的前端入口钉了木栅门，用以防止野狗入侵。每当上午太阳照进这座长形院子，小鸡都会以洗沙浴的方式来替自己杀菌除虫，它们斜躺着身子，用双腿侧踢出浅沙坑，一面将自己窝进坑里，一副发懒的姿态享受着难得的阳光。

我最喜欢蹲在栅门前观察它们，也时常对着鸡的行为发笑，它们对我而言不纯粹是可爱，比较像是滑稽。以为有食物的时候就会从后方鸡舍冲向前方栅门，振翅且弹跳得身体咚咚咚跃过障碍物，远道而来凑不明所以的热闹。

它们甚至像动画片里行事夸张的角色，因速度太快直到要撞上栅门了才紧急刹车，冲过头的双脚近乎在身体前方紧急刹车，与地板摩擦出尖锐的声音，还因速度过快滑了一小段才止步。

鸡就是这样一个任何事情都要抢头香的大婶性格。

〈董事长跌坐〉

垃圾车的音乐在每晚八点强势呼啸而来，对小鸡而言那是它们生命中遇过最暴烈巨大的声响。初生的小鸡无论此时正在干什么，或站；或卧；或喝水；或吃食，当垃圾车掠过家门前，它们必定全体定格，瞪大眼睛不敢动，像谁喊了声“一二三木头鸡”。等到车子走了，声音渐行渐远，它们就像乡土剧里的董事长接获晴天霹雳的电话后，一声“登楞”配乐，然后一屁股跌坐在沙发椅上。不过它们那种在音乐结束后的跌坐，不是董事长的万念俱灰，而是因为方才太过紧绷而突然放松下来，于是从站立着的鸟仔脚慢慢回复窝踞的姿态，好像一边在呢喃：“乱搞什么，刚刚真是吓死我了。”

〈按摩〉

“小急躁”肚子饿的时候爱啄人，想必是容易紧张，我就特别喜欢帮它按摩。双手伸进鸡翅膀底下，指腹像摸骨一样在隆起的山脉与鞍部间反复压揉，鸡的体温并不低，有时甚至热到发烫，舒服的时候会放松咯咯叫着，每每按到尾椎处，它们会近乎跪下来并将全身的力量放掉前倾，“吼，是有这么舒服就对了”。

〈奶鸡秀〉

周末家人来访，我问姐姐五岁大的女儿，要不要观赏“阿姨奶鸡秀”。这是出自一回我正在喂鸡，路过的邻人闲聊问到鸡只多重了、可以杀了没，随后妇人就利落地把鸡的两脚拎起来，上下掂了掂说：“差不多两三斤，还早。”

我见到倒立的鸡在妇人手中悄静不动，往后也试着把地上乱跑的鸡从后方抱起，腹部朝天，倒放在怀里，它们起初会因为紧张，两只鸡爪都蜷缩起来，并睁大双眼瞪着广大的天空与四周，随后我一手帮它们捏捏肚子捏捏腿，它紧绷的爪子就会逐渐松开来，腿也慢慢伸长放松，此时如果我再遮盖住它的眼睛，它很快就能在几秒钟内被哄睡。

因为所有的鸡都有所谓的“鸡盲”，都会怕黑，所以把光遮住，就形同关了灯的房间，它们在我的手掌房间里被哄睡，发出细微的鼾声，是一场献给外甥女的奶鸡秀。

〈同名专辑：给鸡情诗〉

从没想过会爱上鸡，
却不止一次梦见鸡。

你喝水的样子很治愈，
吃米的样子最充实，
困惑的时候会歪头，
天黑的时候最慌张。

水平视角望见你从鸡舍冲向我，
鸡头都会微低前倾，胖胖身躯左右晃，
颟顸得很萌，我的心底小花遍落，
开始懂你肚子饿时、天空有鸟飞过时、碰见新食物时、
觉得挖到宝时、有求于人时的叫声都不一样。

世界之大，三生有幸遇见你，
遇见远古而来的你。

〈你的呼吸〉

卡在鸡鼻孔的绒毛，

一呼一吸，一张一合，

呼气的时候绒毛微微飘移，

吸气的时候绒毛紧贴鼻孔，

透明的鼻息在我眼前具体展演，

你在呼吸，你一直都在呼吸。

〈罔市〉

所有的小鸡都是罔市*，
都会腹语术，
都是恐龙变成的。

*“罔市”：随便喂养的意思。

〈霸凌事件簿〉

十月六日，养鸡满三个月整，一觉醒来它们的叫声变得不一样，从“啾啾”变成“咯咯”。我听见外头有鸡在惨叫的声音，霸凌竟就这样无预警地展开了。昨天以前都还相安无事，也抑或早就在酝酿，今早开始它的噩梦来临，一整天被所有的鸡欺负，对方用脖子压制它，啄，或者拔羽，它被追着跑，会躲在我的脚边、跳到我身上、会不想回家，我带它到三角圃放风，它独自在外面扒地，但地上根本没东西，没有虫，只是惯性重复。但我没办法一直看顾它，邻居见它独自在外，以为我没关好栅门，加上附近邻人的菜园清早被扒乱过，好心的阿凉姨帮我向邻人澄清是狗，她有看见那条黑狗凌晨五点来弄的，随后提醒我把鸡关好，别惹来误会。我感激她。

看见“小可怜”被欺负一次就难过地哭一次，想它睁眼就是地狱，我却无力保护它。怒斥霸凌者，敲头、关禁闭都没有用，处罚完继续欺负，我明白了处罚没有用，以暴制暴无效，它们不懂。

万念俱灰，想我到底该吃掉被霸凌者，还是其他霸凌者，或是六只一块送给山上的养鸡人家，让它们在山上跑，就没谁想欺负谁了吧。

后来请教了前辈，对方提供了两个关键：一是搬来树干，制造立体空间，让被欺负的鸡有地方躲避。二是将方形的饲料槽改为长条形，减低竞食压力。今早用梯子与木板搭建了小平台，小可怜一被欺负就自己跳上平台，甚至飞上屋顶，压力造就它成为群体中最擅飞的，然后用三个饮料瓶接成长槽，鸡舍逐渐恢复了平静。见到情况好转，我的心头乌云散去，一场下来着实觉得饲育最难最沉重，关乎于生命的怎么样都不能轻忽。

〈饲育者〉

扛负着生命，微型的难以回头的饲育责任，养小孩的百分之一，揣想六个月后郑重结束，回归文艺的呢喃软弱，画画东西染染布，做做木工看看电影，这里头没有死得了的东西，这之间哭得死去活来都是假的，唯有饲育里的生命是真的。

〈失踪事件簿〉

随着鸡只越来越大，六只母鸡不和的传闻也逐渐在圈内传开。深棕色的小可怜与“老鹰”常被其他更胖的鸡欺负，激发出它们擅飞的本能，于是鸡只出逃的事件便日趋频繁，越狱层出不穷。典狱长从后方严密监视，循线找到小可怜是从栅门方向逃逸，于是捡了竹子将栅门延伸架高，不久后又在屋内听到振翅声，它仿佛参加跳高比赛又再度闯关，只好再放梯子挡住，这回终于飞不过了，只见越狱者在栅门前徘徊，仰头盯着思索。

一日入夜后回到家，发现鸡舍少了两只鸡，连忙带手电筒到后方竹林寻找，一无所获后返回家门，却发现老鹰就蹲踞在铺了粗糠的盆栽上，我心想：“难道没看到妈妈急着找人吗，怎么就悠闲地蹲在这也不吭声？！”整只热乎乎的一副无辜样被捧回鸡舍，但另一只小可怜就是怎么也找不着。

一个晚上想了几种可能：它本来就爱往外跑，所以跑了很远，投奔野外生活；又或者被狗吃了，但附近都没见羽毛及尸体；最有可能大概是被人抱走了吧。一夜下来百感交集，有点难过却又不确定是否该难过，但能确定的是，失踪比死亡更叫人难受，因为你无法掌握感伤的流向，你的感伤该归至何处。

清晨半梦半醒间，睡眼惺忪看见TN双手捧着小可怜站在卧房门口：“快跟妈妈说对不起。”哈，好像知道一定会找到，他就这样花了两个小时在竹林找到它。谢谢，我爱你们。

〈鸡车〉

动物有其惯性，好像一旦飞出去过那么一次，往后就只会越来越熟练；其余不曾飞出去的，也许不是不能飞，只是不知道自己也有飞行能力。

栅门的去处被拦，小可怜与老鹰改从侧边老房子屋顶投奔自由，窄巷两侧都是墙面，几乎没有空间起跑缓冲，我眼看它们仰头往屋顶望，随后双脚一蹬，振翅一飞，竟然近乎直升机一样垂直上升。

它们在爬满青苔的黑瓦屋顶上大方散步，东啄啄西探探，随意找虫吃。屋顶散步还不够，就飞落至柏油路上，吃一吃路边的咸丰草，挖一挖竹林落叶下的蚯蚓。我见它们在外头自在，总比在里头被欺负好，时常让它们玩一阵子再回来。

有时玩到快天黑，它们就会像辛德瑞拉一样匆忙赶回家，虽然它们懂得如何飞出去，却完全不知晓以同样的路径返回鸡舍，常常就挤在栅门外，一副“天好黑，好可怕”的样子哀求我帮它开门。某日我们去礁溪爬山，下山后饱餐一顿才返家，竟看见老鹰就蹲踞在摩托车把手上呼呼大睡，它大抵是溜出去玩直到黄昏时才想起归巢，在栅门口徘徊了一阵子等不来人，索性跳上摩托车睡着了。

邻近的村子有人的鸡舍被成群野狗闯入，一夕之间数十只活鸡变成几具尸体与满地的鸡毛。而仅百米远的朋友家鸡舍，养了没多久的小鸭也在某日清晨徒留一只血淋淋的鸭头，像黑社会留下的符码，仿佛带着浓厚的警告意味，要饲养家禽的人们记住这场梦魇。

老鹰或许是只聪颖的鸡，知晓高处能让自己安然无恙，我不知道在我们抵达家门之前，那条昏黄路灯映照着的柏油路上，是否曾有一群黑狗沿途一边嬉闹一边探寻猎物，三三两两踩着它们的掌蹼嗒嗒地路过这里，那时候老鹰是否微张眼睑按兵不动，将自己隐藏进夜色之中。

〈搜巡者〉

数日之后，我去了一趟菜园回来老鹰又不见了，想回到屋内专心写作假装不在意，假装它一定会如同上次一样傍晚时分就自己跑回家，甚至上摩托车等我帮它开门。演了一下发现假装不了，只好起身找鸡去。找鸡时竹林被风吹动的咻咻或沙沙声都像是鸡在林间走动的脚步声，屋檐上的麻雀啾啾声偶尔也模糊了焦点，于是冬日静谧，我知道必须要静下心来感应，把脚步放慢，想象鸡的视角，想象它看见我的双脚走过，看见我穿的那双红色雨鞋，想象傍晚的这时候它在哪里做着什么。

竹林底下果然有不明确的咕噜声，低头看见了老鹰，我见它低鸣着不动，藏在草丛间。为什么，是看见了狗所以不敢动？还是鸡永远有太多我不明白的行为？但无论如何，重逢的时刻总觉得这份机遇既是必然却又不可思议，有点像“我知道你一定能平安回来”和“但我怎么可能就真的这样找到了你”这样的心情。

原来鸡是不可能跑远的，它只会在一个惯性的轴上微微偏离。

〈土拨叔〉

鸡是群居动物，除了睡觉时挤挨在一起有取暖的效用，我猜也有野猫野狗入侵时可以相互警戒、母鸡孵蛋时能由母族彼此轮流替代，增加小鸡孵育率等功能吧。在群体之中，它们会自行发展出位阶与啄食顺序，这尤其在饲料不够或饲料盒太小时，总有几只凶巴巴的鸡会去啄其他鸡的头，只是我不太明白这之间运作的机制为何，因为从来不是那只身形最瘦弱的“雪宝”被欺负，反而是遭到霸凌之一的老鹰，它的双眼炯炯有神，身形挺拔神气，还拥有像蜂蜜一样棕黄色且柔软蓬松的绒毛。

邻人之中，已经是阿公级的土拨叔，是邻里间游手好闲的地痞，他时常用力按着摩托车喇叭扬长而去，用以吸引他的爱狗紧跟在后，有时他们会一起到附近的涌泉游泳，有时他只是带着狗四处闲晃，对他人的菜园东念西念指点几句。他也时常路过我家门前，驻足在鸡舍外探头探脑，在我初期养鸡时嘀咕：“啊捏嘛赛唷，我看哩饲嘎安怎！”

我其实不以为意，因为他纵使口无遮拦，有时也乐意慷慨助人，见我们自己在做栅门，就拿出家里剩下的铁网来；知道我们在找土填地，就提供先前堆在河边的沙丘。只是年过半百的他，对于新来的外地人种菜也不施肥、养鸡又一副菜鸟样，他总会露出一脸看好戏的姿态，并夸口自己养了五十只鸡，连爱狗每日清晨都啃一只鸡腿当早餐。

日复一日，小鸡们在露天的场所生活，偶尔外出吃草、到三角圃找蚯蚓、在竹林下扒虫子，逐渐长成充满活力的成鸡。土拨叔驻足在我鸡舍前的时间也越来越长，一回老鹰跑了出去，他见我轻易抱起鸡并拥在怀里，在一旁惊呼它们竟能如此亲人。

农历新年后忙于菜园春作，一大清早在园里翻耕，某日午后累昏了，倒头就睡了两个小时的午觉，醒来后发现老鹰不见了，本来不在意，直到黄昏时仍未归，才开始担心起来。就这样三天过去了，从来没有失踪这么久，我想它或许已经死了，不然就是被人抱走，心头陷落好大一块，怅然若失。

直到三日后，土拨叔的母亲在夜里敲门，问我们是否少了只鸡，并解释他儿子三天前在路上看到有鸡乱跑，试着抱起来要归还，但因不懂得怎么打开我们鸡舍的门，又一直没遇到我们，索性先放在自己的鸡舍里。老母亲的话语支离破碎，哩哩啦啦解释着，并请我们隔日清早来取鸡。

其实这三天里，我遇见土拨叔数次，他还在我搭丝瓜棚时，隔着溪流说我搭的竹棚太小了，几回路上相遇也总会回避的眼神，一副欲言又止的样子。

我大概在脑海中勾勒出事情的始末、邻人那单纯明白的心思流转。我见他从轻蔑一路走成欣羡，想我竟然改变了他，更或许在他面前展演了一场更温柔对待家禽的模式，是否无形之中也能影响他日后对待家禽的态度。

〈鸡很乖吧〉

天色渐暗的时候，所有的鸡、所有的鸟都会自然而然地自动归巢，一只只爬上鸡舍二楼挤着挨着卡好位置。同为鸡迷的宾哥在我养鸡后首次探鸡时，望着一只只正在归巢中的鸡群，用着有点得意的神情微笑说：“鸡很乖吧！”那个“吧”不是问句，比较像是一位父亲对他乖巧的孩子总是那么优秀的一种肯定语气。只是对我而言鸡好像没有很乖，随意飞出来觅食的时候，还被邻人笑说是流氓逛大街，如果真的有乖的部分，也只是出于它们很神经质又胆小吧。

与这样一个全然陌生的动物认识半年，相处时我都认定有一份幽微的神秘气流在缓动，像是它会轻轻地啄我袖子，我便接收到那是它在请求按摩的密语，我知道这么想一定有自作多情的嫌疑，但我肯定是这样不会错的。

〈你的生产〉

她急躁地来来回回，回回来来，就巢确认，跳下来，再次确认，再次跳下来。她要生产了，睁着双眼，神情认真地窝在巢箱里，发出连续且细微低沉的咕咕声，其他母鸡没有干扰她，或窝着或站立，也瞪着眼睛听她咕咕。

六个月又十天，下雨的午后生了第一颗蛋，热热的，小小的，浅棕色的。如同往后的鸡肉一样，满怀感激的吃进肚子里。上一次最接近鸡的生育，是在部落的晚餐，桌上那锅鸡汤里有鸡血，还有如葡萄成串的鸡卵巢。那串葡萄里最大粒最先成熟的，就会随着母鸡一次次奋力收缩，最后才成为鸡蛋。也好像是真正靠近土地生活以后，才能够看见整齐的食物样貌以外，那些歪七扭八的不良品。比方说授粉不完全的缺粒玉米、像人参一样分岔的白萝卜、乒乓球一样大的花椰菜，或者因为缺肥而尾端收尖弯巧的小黄瓜，以及在整齐的鸡肉以外，那些原本就藏在鸡身体里的这些那些。

〈窃蛋贼〉

一如往常绕到鸡舍后方检查巢箱里有无鸡蛋，正巧遇见母鸡窝在巢箱内。我察觉她今天的神情有些不同，她的头部定格，两眼发直盯着空气中的某一点，姿势突然从窝着变成站立，两脚站稳，胸腔有些前倾并略呈扁平状，然后瞳孔逐渐扩大，身体发出非常细微渺小的哔滋哔滋声，接着扑通一声，一颗湿润润的蛋滚了出来。我见她原本涨红的脸颊瞬间变得苍白，几分钟后又变红润，然后再变苍白，她伸长脖子把蛋挪到胸口下，再次蹲下来，用胸前的软柔羽毛窝着孵蛋，她显得非常疲惫，在我眼前眯着眼睛边孵边入睡。

好像意外目睹了人类临盆，感动得想哭，并为自己窃蛋者的身份感到几分愧疚。

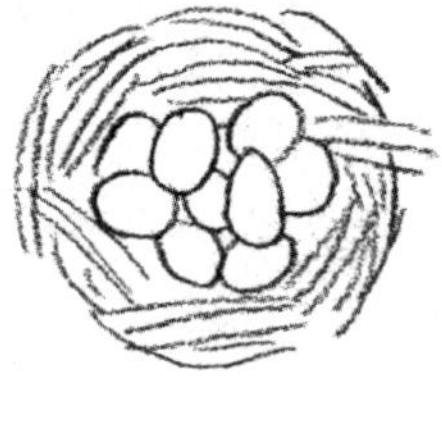

〈成为母亲〉

巢箱里有一颗蛋，两只母鸡同时挤在巢箱，当一方站起来，另一方就伸长脖子，用喙与下颌把蛋悄悄勾回自己饱满丰实的胸部下方，窝着孵蛋。因为巢箱被这两只鸡占据了，急着想生蛋的雪宝不停跳上鸡舍探察，让原本的母鸡觉得备受威胁，于是她用一种我从未看过听过的姿态，张开喙向雪宝吼，她脖颈上的鸡毛一致向外弩张，此时吼声却是微弱的，柔软但坚定地嗷呜一声，一时之间竟有点像猫。

几回陪产陪孵，时光凝结，鸡的睡意蒙眬，我见到她多想成为母亲。

〈关于鸡肉〉

其一，“对我而言，只要小鸡活着的时候是阳光与风，泥土与虫，那这一年半载的快乐也是完满，尔后一刀结束，再次迎接新的生命，如此循环。”写于六个月前。

其二，“死在猎人手中的野生动物，不会比死在其他动物口中或通常也会痛苦的自然死亡更糟。假如农场动物不比野生动物遭受更多痛苦，那么它们也算拥有难能可得的美好生活。”在《吃的美德：餐桌上的哲学思考》中读到这段话，几乎与半年前刚开始养鸡时，我关于家禽动物生存的价值观相互呼应。况且，比起人类会将过往痛苦的经验续存，累积成折磨或者存在焦虑，许多动物只能感受当下的舒适或痛苦。而比起在野外被天敌竞逐数小时可能伤残或奄奄一息后死去，那些平日在农场安置得宜，死前在刀锋下利落结束生命的家禽家畜，所受到的痛苦已是相对短暂。

其三，理智上我已完全接受这样的想法了，在鸡群期满半年的可食用日龄，再续养下去肉质会太硬，并且也没有更多的碎米及米糠可以无限量供应之际，将鸡处理成鸡肉这件事是近日的必要之恶。然而在理智之外，我无法确认感性区块会在何时崩解，是送去屠宰场的时候？是料理鸡肉时？还是准备把肉送进嘴巴的当下？还是我从头到尾都能平静归顺于我的理智，带着感怀的心去食用它？其实我无法预料。

其四，TN说处理鸡肉的事情全权交给他，不要我经手。我告诉他，既然我是一个仍在吃肉的人，我至少要亲手带它去屠宰场，我总不能双手洁白地大口啃肉吧？像电影《小森食光》中的桥本爱也是亲手去杀自己要吃的鸭子啊。

其五，一次只处理一只鸡，农历新年前格外忙碌的屠宰场看似不太愿意。循线找到了愿意帮忙的妇人，在妇人家门口商讨细节，接着一边走着来到一处。

鸡笼堆置处，她说："前晚就不能给它吃东西了，周二早上你们把它放在这鸡笼就可以了。"

那时我才注意到鸡笼下方的柏油路面似有血迹，随着她手势比向那烧着柴火用来除鸡毛的大灶，我才明白那里就是处理鸡的工作场域。脑海里我预见了鸡的死期，是周二清早，也预见了它将结束生命的场所。我想到它还要在死前连续饿两餐，并且孤独地被放置笼里等待，那样的离别简直像母亲把婴孩放在福利院门口一样令人煎熬。

理智缩得很小很小，感性全盘迸裂溃堤，我虽觉得妇人之手是值得尊敬并且伟大的，但有没有什么直接跳过鸡变成鸡肉的过程。这之间每个环节都被放得巨大又清晰，如同近距离血腥逼视，并且还受到了自己的强迫参与。

其六，最终决定抓了两只最胖的鸡彼此做伴，于周二清晨一起送鸡去。杀鸡前后一连三天，白天都是正常的，夜晚睡前却无法抑制频频落泪，哽咽难以入睡。心想“胖胖”已然成了鸡汤，变成了鸡腿，而胖胖就是当时的“小白”，曾经仰望镜头凝视我的小白，如今它再也不存在于世界上，并且是我让它不存在的，再也不见。

后来从悲伤的坟墓铲出了这样的想法，如果把自己饲养的鸡，每一只都视为这个世界上独一无二的个体，那往后每杀一次，感伤就势必要席卷一次，因而我明白了，其实胖胖永远都活在这个世界上，因为仍留下来的老鹰就是胖胖，往后老鹰它们也会结束，下一批从头饲养的小鸡就是老鹰也是胖胖。所有的鸡是一只鸡，彼此替代延续，接力存活，这是农历新年前给自己的解药。

〈深夜屠宰场〉

农村自家的屠宰，是先将家禽脖子上的羽毛拔除，用利刃于气管处横向划开，放进桶里放血，而等待放血的同时，大灶正好将水煮沸，水滚后把已放血干净的鸡只迅速汆烫，因为热度的关系，家禽身上的毛孔瞬间紧缩，就方便后续的人工拔毛作业。

不到两小时的作业时间，一只光溜溜的鸡身与一袋内脏就交到我手中，那是我替头两只鸡所选择结束生命的方式。农历年后，其他的鸡开始产蛋，老鹰与小可怜仍三不五时逃逸，无论屋顶再怎么架高，找来散生的竹枝横放遮挡都无效，我们决定先吃这两只爱飞的鸡，只是这一回，我想尝试多了一道电击手续的屠宰场，心想如果杀鸡是不得不为之恶，或许电击能为动物减轻一丝痛苦。

农历年后屠宰场的生意不这么忙了，电话中对方答应为我们处理农家零星的鸡只，只是屠宰场在夜间十一点后才开始运作，送鸡去杀本就会产生罪恶感，在夜晚行事又加深了几分负疚。飘着蒙蒙细雨的夜里，我们戴起头灯闯入正在酣睡的鸡舍鸡群，黑暗中它们乖巧不挣扎，迷迷糊糊就被放进纸箱中，纸箱盖起后又因漆黑的缘故瞬间沉入梦乡。我们骑着车奔驰在无人的街道，将进行一场属于午夜的勾当。

乡野一片黯黑静谧中仍亮着光的屠宰场，径自发出日光灯的冷调异色，坑巴巴的水泥地板湿漉漉一片，空气中能闻见隐约弥漫的血腥味，偶尔穿插几次鸡只咯咯的惊叫声。场内一位戴眼镜的年轻人走了过来，拿了两条红色尼龙绳要我们系在鸡脚上，以避免与其他鸡混淆。我们一人将鸡俯抱，一人系上红绳，红绳鲜艳得像是女儿要出嫁，与静默的夜形成反差。把鸡交给年轻人，随后在一旁无声等候，透过屠宰室的小窗远远能看见屠夫站立桌前，墙上还挂有一台电击设备，水泥墙外则挂着一副早已过时褪色的农历马年春联。旁边黑色柏油路上积滞的水洼映照着苍白路灯，黑白强烈对比，欢迎来到鸡的阴曹地府。此时陆续有载满鸡只的大型卡车进驻、卸载，那些都是将趁清晨之际运送至传统市场的一笼笼土鸡，也是为什么屠宰场要从午夜开始营业的原因。

约莫过了半个小时，戴眼镜的年轻人将两只鸡递来，它们已闭上了眼睛，像在持续刚才的睡眠，而脚上的尼龙绳仍系着。只是仅仅半个小时，从鲜红变得虚褪，好像在那时候才能确切意识到，老鹰与小可怜已经不在这个世界上了，像一个人的离开，真真实实的不存在。

关于那夜的印象，所能想起来的只是一条径自伏流的沉默之河，以及一场自愿参与的自虐之诗。

〈同栖生活〉

许多人无法理解，我爱着我的鸡，怎么还忍心杀鸡、吃鸡，有人不解，觉得残忍矛盾。有人说养鸡场甚至还有“No name”（不起名）的潜规则。有朋友自己也养鸡，因为预期将来要吃它们，所以刻意保持距离，除了喂饲料、换水，平时不太摸鸡抱鸡，有意识地克制人对于鸡的情感滋生。

我其实没想这么多，也觉得为什么见了面就预期要分离的人，就不能倾心对待。与鸡的生活是共同在经历时光，一墙之隔，一侧住了两个人，一侧住了六只鸡。下雨的时候我被闷在家不能去菜园，我知道隔着墙，它们会自己跑回鸡舍躲雨。它们也是盯着那滴滴答答没完没了的绵绵细雨，等待哪时要放晴的吧？台风来的时候墙边的盆栽一盆盆搬进屋里，六只鸡也一只只抱进来，在曾经待过却已遗忘的陌生空间里它们瞪大眼睛，一同听见外头狂风呼啸，暴雨渗入。

平时我起得晚，等到我喂鸡时它们早已在外头喧闹了一段时间。TN起得早，一日要去喂鸡，竟发现它们还在睡，只好默默返回屋内，我一面笑他是比鸡还早起的男人，一面看见我们与鸡之间的作息序列。日常饮食，吃不完的面饭，以前总会强迫自己吃光，养鸡以后我让自己八分饱，多的就分食给鸡；有一回我们将采收的芋头做了芋圆，把吃不完的拿去喂鸡，想不到“金鸡母”隔日不停咳嗽甩头，鼻孔沾黏着鼻水，狼狈不堪，晚上睡觉还出现呼吸不顺的鼾音，还好最后靠自己痊愈了。还有一次雪宝的便便里有白色线虫蠕动，我赶紧到饲料行买药，回到家后将雪宝的喙撑开，看见它那三角形尖尖的粉红色小舌，心一狠把药投进去，而没有反吐功能的鸡，果真就乖乖吞进去，让我惊呼不已。

如同生老病死的相处历程，生命诞生满溢喜悦的小鸡甜蜜期、中鸡相互霸凌抢食令人头痛的叛逆阶段，逃家、寻回、失而复得，一路再到成鸡交配、产蛋，以及最后面临食用鸡肉的问题。我们与这群小家伙共同经历了这么多，为每一只命名、观察记录，知道每只鸡的习性与故事，我知道最后还是得吃它们，但每当我养一只鸡，这世界上就多一只我能够自己掌握如何对待的家禽，与此同时减少一只非人道饲养的动物。

〈搬进鸡的眼睛〉

坦普·葛兰汀(Temple Grandin)是美国一名人道屠宰系统设计师，目前美国与加拿大有一半以上的肉牛屠宰系统采用她的设计。她运用自己从小因患自闭症而对动物拥有的敏锐观察与理解能力，将自闭症者视为动物与人类之间的翻译者、中转站，改良了原本不符合牛只天性的系统，包括她发现牛是不会走直线的，它们的行进路线为曲线，因此将屠宰场的运送带设计成弧度，让它们以为能透过绕圈回到原点，进而感到安心。另外她发现运送带途中，那些被随意披挂在栏杆上的外套、地面上的影子、水洼的光影反射，都会使牛只分心却步，于是将通道改成实面的板子，减少光影造成的差异，并将接近屠宰系统的通道设计成越来越窄，因为她发现牛只并不介意身体被轻微挤压，反而因为那样的碰触而镇定。

在阅读坦普的书籍与电影时，我体会到如果你养鸡，就得住进鸡的眼睛；如同你养猫，也得住进猫的眼睛。可是人类是这么一个容易一厢情愿的动物，我们只能透过不断的观察，才能把自己缩得很小，驻扎在鸡的瞳孔中。

在饲养小鸡的时期，我发现它们冷的时候会挤在一起，热的时候翅膀会微张、喙会微开，因而知道它们此时的体感，以判断是否需加装灯泡热源。我也注意到它们活动的时候会不小心排便在喝水器里，于是把喝水器垫高成它们脖子的高度，避免水源污染造成生病。还有它们不喜欢被抓的过程，但喜欢被抓起后安稳的环抱，放在掌心，用手指包覆身子与头部，它们就会安心入睡，我能感受它小小的鸡心正热烈怦跳。

如同容易紧张的坦普，她天生恐惧人与人之间的拥抱，但她同时又需要这份柔软的挤压，因此她为自己设计了一座木造挤压器，每当感到慌乱时她便钻进里头，便能逐渐镇静下来。其实不止小鸡，成年的鸡被抱在怀里，如果四周都被紧密环绕，也同样会镇定。

如果一只鸡能在小的时候就与人类亲近，长大后就比较不怕人，这样往后每回换水、加饲料、清扫鸡舍时，也能减少鸡的紧张感，此外我也发现从小对鸡说话，它们对你的声音是会有感应的。

坦普曾说过，这世界太多抽象化的思维，我们应该要掌握眼前真实的细节，从细节再去看见整体。而那样的具体细节唯有透过从旁观察，才能理解静默的作物、语言不通的动物，它们幽微的心思。

〈礁溪亲家公〉

剩下的两只母鸡，金鸡母与雪宝，近来天天产蛋，并产生了就巢性，一整天除了吃饭之外就窝在巢里孵蛋，我兴起了让它们真正成为母亲的想法，于是与朋友协议，让他带家里的公鸡来相亲。

周日清早，亲家公便翻山越岭来做媒，骑着后方架有红色婴儿坐垫的淑女脚踏车，把装有公鸡的纸箱绑系其上，从礁溪送女婿来。亲家公见了斗鸡媳妇，直说眼神好惊悚，像猛禽一样锐利；亲家母则觉得土鸡女婿眼神迷蒙，好像随时准备要哭的样子。

大喜之日，金鸡母见了"小黑"，马上怒张鸡毛表示不欢迎，随后就跑回蛋巢里蹲下，雪宝则与小黑产生了若有似无的粉红气流，她主动帮小黑啄去喙上沾到的米糠，小黑则对雪宝亦步亦趋，还跳起求偶舞——环绕雪宝横着走路、单边翅膀降下来，还不时啼叫展现雄风。

不过温和的土鸡遇到泼辣的斗鸡小姐，整体气势仍矮了一截，让我不禁怀疑这位草食男真的能追到雪宝吗？

想不到隔日清晨，鸡舍就传来阵阵惨叫，小黑的鸡冠被啄到鲜血直流，蜷缩在角落发抖，我赶紧把凶巴巴的金鸡母关进鸡舍，区隔开来。后来请教了专家，原来增添新鸡的时机应趁夜晚，主要是不要让旧鸡在光亮的白天清楚看见新鸡从外面被放置进来的过程。再者，旧鸡在夜间的防卫心较低，一方面也可以让新鸡经过一夜沉淀，慢慢适应新环境。

还有种方法是，在新鸡放置前，就先把旧鸡暂时移到别的地方，一个礼拜过后，新鸡已在鸡舍里住一段时间了，本来的旧鸡反而变成晚来后到的客人，原本的阶级制度被打乱，公鸡自然就能显现雄风。

饲养大抵是一场与动物的心机攻防战，从观察、理解、思索，与鸡在阴沟里谍对谍，始终猜不透你的心。

〈演化长河〉

由于公鸡持续被家暴，它们的婚姻在两周后旋即宣告结束。不久后，宾哥正好将家里土鸡所生的蛋拿去电孵，五十颗鸡蛋顺利孵出三十六只，分了十二只刚出生的小鸡给我，二十世纪的斗鸡时代已然告结。

先前在市场买的小鸡多半是南部大型鸡场孕育而来的，鸡场为防止生病都会预先打药，并且一周龄以上才会在市场里贩售。而宜兰本地像宾哥这样的家庭养鸡户，为了减少母鸡亲孵后，小鸡被莽撞的公鸡踩到而夭折的概率，多半会将受精后的鸡蛋拿去孵蛋店电孵三周，再领回家中饲养一个月，最后才放到户外饲养。第一次接手刚孵出的小鸡，虽然已跳过小鸡在孵蛋店破壳、全身湿漉漉、双眼尚未睁开的头两天，它们仍比上回一周大的斗鸡身形小很多，其间有黑色、黄色、花脸、画过眼线的，是早年台湾本地的土鸡经过一代代与各类品种交配而来，混杂各种血统而笼统称呼的土鸡。

这些本地繁衍的小鸡比我想象中更有活力、更健康，我观察着它们，心想这群没有母族示范传承的小鸡，所有的行为大概都是演化基因所赠予的吧。它们来访的第一天像客人那般怯怯的，不太吃饲料，只是一直喝水；它们注意到饲养箱上极其细微的凹点便发狂去啄它，就像我曾发现鸡对于我的衬衫纽扣或花裤子总会跳起来啄。第二天它们之间开始有鸡率先忆起双脚扒土的动作，其他小鸡见状就开始跟进，倘若我将其中一只放在桌面上，它们会叫得洪亮，表示害怕，然后走向桌沿跳上我的手臂。第三天以后我开始设计各种游戏，丢了毛球它们会争相去啄、手指头左右晃它们就愣愣地左右盯看，若把粗糠垫料在角落堆成小山丘，它们会兴奋地爬上最高点，再顺着零落崩塌的粗糠慢慢滑下来。第四天后它们短小毛绒的翅膀渐渐长出小羽毛，它们开始弹跳短跃，想看看箱子的高墙后方是什么样的世界。

从远古一路演化至今，埋藏在小鸡身体里的神秘基因所产生的种种行为，勾勒并对照出我对野鸡的生活想象。让它们成为像草间弥生那般的点点爱好者，或许是因为野外泥地上的小虫就像是圆点，圆点是它们以为的可能食物。放置在桌面上的小鸡与原野上的小鸡同样具有空旷恐惧症，生怕成为空中巡弋的老鹰目标，所以它走向我的手臂，如同走进母亲的羽翼庇护。我同时也发现鸡会害怕面状的东西——我突然靠近小鸡箱子的巨人身影、拎着大型麻布袋走向鸡舍、稻农为了赶鸟在田埂竖立的旗面，这些或许都与老鹰展翅接近雏鸟时，予人铺天盖地黑影笼罩的意象有关。至于粗糠堆起的小丘、振翅欲看见箱子墙后的行为，大概因为它们从来就不是贴近泥土伏地生活的动物，它们是鸟，本就喜欢高处，它们在户外鸡舍会自发性地跳上二楼就寝，就像野外原鸡会树栖，也像傍晚成排停栖在电线上的麻雀一样。

第五天后，小鸡的爪子变尖变长，幼细的绒毛从翅膀率先换成羽毛，再从尾巴开出一面羽扇，每只鸡的成长差异逐渐拉开，体型有大有小，它们从相似的软柔平等、无边无角，渐渐开展出各式棱角，于是开始有鸡会去逗弄他人、振翅找人比武，吃饲料前就非得先啄一下其他鸡的头，再卡位吃食。像幼童在成长的过程发现自己有些不同了，就想伸伸手脚，向外界试探自身可能的能耐到哪里。

〈人造怪物〉

耕作的领域有“留种”的概念，意即每次新买的空降种子，与土地无关，每回都要重新适应当地风土，倘若农夫能替作物留下小孩，作为下次播种使用，他们的基因将会藏有母亲适应过的种种记忆，藏有母亲要教给他们的智慧。

类比饲养领域，人类选择要杀哪只鸡、要留哪只鸡，如同将漫长的自然选择快速浓缩，三个月抑或半年就是一个世代，那双人择的手宛如神之手，让我对人类参与演化的过程感到几分毛骨悚然。

同一批母鸡即使只有六只，就已有明显差异。名为老鹰的鸡，飞行能力好，却不太产蛋，若我不断留下这样特性的鸡，是否几个世代以后我所饲养的鸡会逐渐靠拢为鸟的一员。而金鸡母最常下蛋，就巢与护巢性都很高，它所展露的一切，属于鸡的本性都很强。比方说，即便是在吃饲料，它也习惯用鸡爪扒铁盒，如同野外原鸡扒土找虫来吃，它还没被驯化为接受饲料的真实，它或许仍把饲料视为虫的一种。反观一样已经在产蛋的雪宝，对于吃的兴趣远远大于母性，饲料来了不管原先正在孵蛋，必定冲下来先饱餐一顿再说。

或许市面上蛋鸡的品种，就是长久以来不断替金鸡母这样的鸡留种，但如果持续走向这份偏颇，过度干涉演化的过程，就会造成拥有极端特质的物种出现。比如蛋鸡一年能产三百颗蛋，但因过于着重产蛋特质，蛋鸡的抗病力远比其他鸡种弱，寿命也较短。美国也曾发生农场主人长期以来只保留单一特征来繁殖，于是繁衍出不会跳求偶舞的公鸡，导致母鸡接收不到需要蹲下来接受交配的讯息，以至于农场内出现大量遍体鳞伤与死亡的母鸡。

那样偏离自然航道的生物，与其名之为一项品种，是否更近似于人造怪物。

〈困难的动物〉

从首批六只斗鸡，到隔年十二只土鸡，我终于不再像新手妈妈那样手足无措了。关于饲养，或许就是观察，然后修正，再观察再修正的过程。

上回邻人提供的沙土养分贫乏，这回我到林间步道挖取山土，里头草籽与昆虫丰富，将三四平方米大的野放空间重新铺上，期望土壤里自然的微生物群能让它们更有抵抗力；而鸡舍二楼的木板则换成镂空的网片，让鸡屎直接掉落于撒了粗糠的泥地上，本着鸡爱扒土的习性，让鸡屎与泥土自然混合，省去冲刷木板的工夫。

我同时也体会到，要去创造环境的差异供动物选择。如同小鸡时期，天冷时用来保温的钨丝灯泡要放置在纸箱某一侧，如此一来怕冷的就自行靠近灯泡，觉得热的也有空间能够远离热源。搬迁户外后，野放区域一部分要能晒到阳光，一部分要能遮阴，形成不同选项的微气候。而夜晚供作栖息的鸡舍，若有两侧皆挡住风吹的区域，就要有另一边完全通风的区域来对照；又或者，它们喜欢在地上洗沙浴，也喜欢站在树枝上，我于是用漂流木做了栖架，让鸡可以站立上头整理羽毛，平时容易被欺负的鸡也多了一处能迅速跳上去以避开同伴攻击的地方。

有时我会觉得，鸡大概是动物里面数一数二难养的：绒毛时期的小鸡怕低温、怕淋湿、怕吹风；等稍微大一点想移到外头，幼年的鸡怕蛇、怕老鼠、怕猫；等到满三个月终于上述这些动物已不构成威胁，却还有野狗入侵鸡舍的疑虑。除此之外，更遑论生菜上的线虫卵与寄生虫、看不见的各式细菌。我常在养鸡的网络社群页面瞥见那些触目惊心的遭球菌感染而眼睛发肿、遭蚊子传播鸡痘而溃烂的各式鸡只生病照，也有半颗蛋卡在泄殖孔进退不得的母鸡的照片，这些问题想必难以一一仰赖动物医院替你解决，饲主即是医生，乡里常去的鸡饲料行就是简易医院与药房。

再者，鸡的体型会在短时间内由小变大，它们身边的所有物品也要跟着调整，同一个饲料盒，出生两天的小鸡就整只钻入里头，直接站在饲料上吃，我得缠绕铁丝用以挡住。不消几天，它们够大了，却常因为洗沙浴的动作把粗糠踢进饲料盒，我得找砖块来垫高盒子。接着没两周，塑胶箱桶已显得拥挤，我只好到市区家电行要来大型纸箱替它们换巢，而这一路饮水盆的高度也要因时调整。

小时候印象很深刻的电影《亲爱的，我把孩子放大了》，是一出关于科学家爸爸意外把女儿放大的故事。两岁的女娃因为被实验中的放大电波照射到，只要接触到电流，身体就会不停长大，最后还一路朝往美国最大的电力供应城拉斯维加斯走去，不仅整个城市人仰马翻，哥哥所坐的汽车还被拿起来像玩具车那样俯冲来去。我时常觉得一夜大一寸的小鸡就像是那位穿着红色吊带裤一脸纯真的卷发女孩，满脸无害且无辜的模样却如同怪兽那般倍数成长，直到头顶冒出冠，下巴长出两片红色领巾，爪子够尖了，身躯够胖了，怪兽才在到顶的天花板下善罢甘休。

〈鸡爪森林〉

朋友的鸡不喜欢睡在二楼栖架，就径自窝在泥地上度过好几夜，六月突如其来的午后雷雨将大地浸得濡湿，几只中鸡因为沾染土壤水汽就这样长眠而去，原本鲜丽的羽毛滚混着灰蒙蒙的泥水，与土地合而为一。

对于水的恐惧，所有关于鸡的梦竟都是噩梦，我梦见圆胖胖的鸡就这样半身飘在海面上载浮载沉，我跳进海里张开双臂却一一打捞不及；也梦见人工草皮上有蜿蜒的浅水渠道，它们不听使唤纷纷冲去玩水，梦里我真的好生气。

刚出生不久的小鸡住在铺了粗糠垫料的纸箱里，自然席地而睡，满月后移到外面鸡舍，到了傍晚却仍然群聚在泥地上挨着入睡，为了避免土中湿气，夜里我只好打起头灯顶着被蚊子吸血吸到饱的状态，将它们一一捧上二楼。连续几晚，我才想到或许因为二楼网片当初是以成鸡的高度打造，对一个月大的小鸡而言太高了，于是增加一块木板作为缓冲，它们终于懂得跳上去睡了。

面对这样一个神经敏感的动物，“渐进”成了饲养动物的关键词，就像要将饲料换成米，不能一次就全部换成米，非得一次偷换一点，让变动悄然消弭于无所觉察之中。鸡一旦能每晚乖乖地自动归巢，心就安了一大半。有时傍晚种菜回来到鸡舍探看，已归巢预备就寝的它们会些微骚动一阵，瞪大眼睛挪了挪身躯，再蹲踞回原本的卧姿。我从网片底下仰望它们细细的小脚小爪自网目溢出，密密麻麻的鸡爪森林像漆黑洞穴里突出的钟乳石，感到静谧安心。

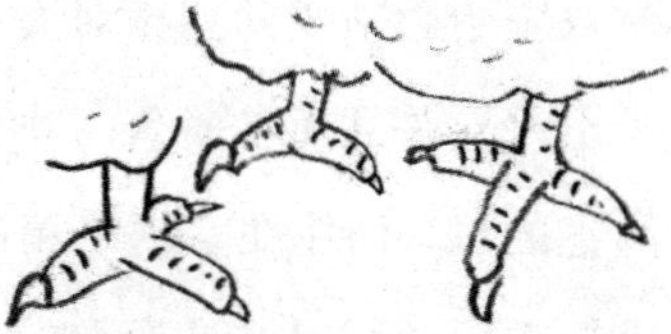

〈驯化的白色〉

据说，野外的动物多为斑点杂色，要不就只有单一颜色，只有人类经常饲养的动物才会出现部分或全部白色的皮毛。因而在家畜家禽之中，纯白色的个体通常经过较多世代选种而来，受到驯化的程度较高，也较为亲人。

我所饲养的这十二只土鸡花色各异，除了一对仿如是双胞胎必须要并列比对大小才能辨别，其余我已能辨识出差异并且简单命名。小白是唯一纯白色的鸡，有着黑色的爪，仍住在室内纸箱的时候，它是第一只会钻出纸箱方形通风口往外探看的小鸡，也是其中最喜欢这么做的一只，常常就把头挂在那盯着地上的蚂蚁发愣，偶尔让我摸摸它的下颔。

搬移到外面鸡舍后，每当我蹲下来，几只特别黏人的小鸡就纷纷跳到我的手肘上（想是手肘像树枝的缘故，它们或许觉得自己在树栖），此时我总会起身挥动手臂让它们纷纷落下，但小白一定不放弃，就转而绕到我的背后，双脚一蹬跳到我的肩背。本来以为鸡爪该是凉的，此时我才确切知道鸡的双脚是温热的，几克重量透过温热爪印在我的背颈微微陷落，猛一转头就是它一副理所当然有何不可的大脸，安稳地就背蹲栖。

我承认那有点甜，就一副虽然无奈其实心里乐得要命，如果内心有旁白大概是：“你这缠人的小家伙，我真拿你没办法耶。”但因为担心它会突然在我背上便便的缘故，我还是放低一边肩膀让它斜斜滑下去，只是意志坚决的小白依旧没有放弃，近期还发明了新的撒娇方式，那就是当我一如过往蹲着看鸡，它就从正面大大方方走向我两腿之间，双脚踏上雨鞋像踩了一级阶梯，然后伸长脖子把头靠在我的大腿内侧，懒洋洋睡了起来。

一时之间错愕无言，甜蜜到爆炸，夏季的梦里都是鸡。

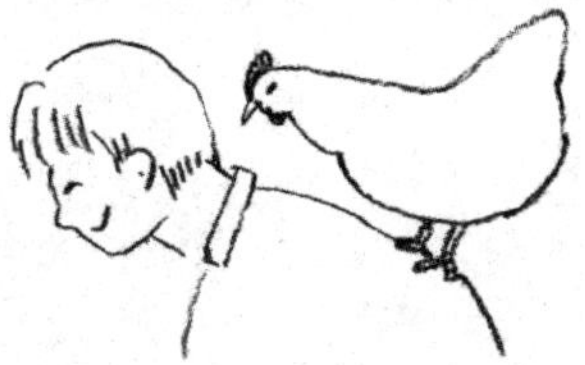

〈你的眼睑〉

冷天她蜷缩脖子，在栅门旁站着睡觉，一秒入睡一秒醒来，眼睑从下方往上阖起来。鸟类的眼睑到底为什么是由下往上闭合？人们想睡时，眼皮不就顺着地心引力一起往下坠，鸟类为什么非得抵抗地心引力的强大诱惑反其道而行？然而这么想着的时候答案却呼之欲出，那些生活在野外的原鸡为了躲避天敌，那么即便几秒钟就是睡眠，倘若睁眼的动作有地心引力一起往下拉，哪怕是快个千分之一秒都有可能拯救自己的性命，所以阖眼要用力一点，睁眼则要省力一些。那道理或许也像蝙蝠在洞穴里倒挂着栖息，一样是抵抗地心引力的同路人，一旦遇到天敌来袭，只要双脚一放，便可飞翔。

〈动物的告别〉

鸡是一种对于“吃”极度热切的动物。每回把蒸好的碎米饭拌些米糠，热腾腾地端到鸡舍，它们就像饥渴的丧尸蜂拥而至扑向我脚边，还没弯下腰就迫不及待飞到我手里的碗盆。而鸡又是出了名的惧怕黑暗，但夜里小公鸡为了吃，只要我打起头灯，它就会跳下原本鼾声熟睡的鸡舍，循着光，沿路吃食只有夜晚出没的蟑螂，咔嗞咔嗞好美味，什么黑夜的恐怖早已抛诸脑后，甚至与我养成绝佳默契，一路沿着黑漆漆的乡间柏油路，我用头灯打光示意“虫虫在这里啊”，它就迅速冲去大快朵颐，我们成为人鸡一体的抓蟑拍档。

但有段时间，早晨我照例捧着米糠饭，一只温良的母鸡“小麻花”，吃没两口，就悻悻然走向蹲着看鸡的我，喉部发出细柔的撒娇声，起初我觉得可爱，但两三天过后，开始觉得不对劲，双手把它捧起，竟像一块塑料泡沫一样轻。不对，鸡是不可能对食物不感兴趣的，而后它就自行窝在鸡舍最角落，一处从来没有鸡会待的阴暗死角，也不太来找我了。

我知道它生病了，想起它连日来找我，究竟要向我传达什么。印象中野狗如果生病，会自己到野地找寻适合的野草来为自己治病，我于是拎着小麻花到菜园，只见它意兴阑珊吃了几口碎蜗牛壳，就在菜畦上无精打采窝着休息，我拿起锄头在一旁翻土掘虫，找到了鸡最爱吃的蚯蚓，像进贡一样捧到它面前，它啄几口便没了兴致，我又再找到了一条蜈蚣，这回它起身，不一会就整条吃光。

刚好随后几天有事回台北，一日与母亲聊到，母亲说她工作地方饲养的狗，在生病时就自行消失了，有经验的同事隔日取了一只布袋，到邻近收尸。原来动物并不想让主人见到自己病死的过程，所以会跑得远远的，独自死去。我听着听着，眼泪扑簌簌掉下来，因为一直以来，我明白自己对鸡的情感大抵都是一厢情愿，可是我想起小麻花来找我时的眼神，是特地来向我告别吗？独自在角落，是想孤独离去吗？我所感伤的是它对我情感上的回应。

本要多待一日，却提早向母亲道别，跳上客运，在经过雪山隧道的车厢里一路哭回宜兰。母亲不解我将来是要杀鸡来吃的，那么假使鸡现在死去，与未来死去又有何差别，又或者我现在努力将它救活，然后再有一天送它去死吗？

滥情的眼泪虽都准备好了，抵达家门却见到小麻花康复了、会吃东西了，想是那只蜈蚣以毒攻毒吧。此时我想起家住壮围的农友J，一日传讯来说自己饲养的鸡群一夕之间被野狗吃光，我知道他哭了，他曾经带着脚受伤的公鸡去诊所复健，那小小的鸡脚让医生转啊转的，矫了矫位置。虽然人们饲养的鸡终将难逃日后的一刀毙命，可是在那之前，在它们尚未被贴上食物的标签以前，在饲主的眼里它们就是一条条温热鲜活的生命。

〈禽人节快乐〉

远在恒春的W长年养猫，她不懂为什么我爱鸡却能吃鸡，一面说爱，一面又送鸡去死。其实不止是她，身边的人也不明白，我甚至在每回被质疑“你怎么吃得下去啊，如果是我一定舍不得吃”的当下，觉得不被理解、被误解，好像我是龇牙咧嘴的杀人魔，满手血腥，大口啃着自己曾经说爱的那些。

某个深夜与W的一问一答，好像厘清了一些事。W：“知道将来总有一天会吃它们，为什么还要取名字？”其实我没有特别去想要不要取名，就是你每天这样看着看着，突然发现十二只鸡你都能看出差异，谁的眼睛瞳孔特别黑、谁的鸡冠颜色最深、谁的脚上有毛。在我心中既然已经辨识出差异，那么命名只是有无说出口而已，就像眼前走来三个人，你知道一个瘦高、一个矮胖、一个金发，有没有替他们取绰号并无差别吧？

“那不能一直养下去当成宠物吗？”鸡是杂食动物，不能单吃杂草就足够，放风让它们自己去掘土挖虫只能补充一部分蛋白质来源，而我们两人生活的厨余并不多，我没有源源不绝的碎米与米糠来长久供应它们。

“那既然明白了终将要吃掉它们，为何还要投注情感，岂不是自讨苦吃？”最初养鸡就是决定要杀来吃的，那是一开始就决定的事情了，只是养了以后，或说养任何动物，你就会想要观察、觉察它们的需要，进而采取些行动让它们活得更舒适。然后关心久了就会慢慢变成爱的一种啊。“那不能爱一点就好，不要爱那么多吗？”可是……爱就是爱了，要怎么控制只爱一点！

嗯，“爱就是爱了，没有爱一点这回事。”——鸡奴李维留。

祝你禽人节快乐。

〈如何料理你的爱人〉

还与父母同住的时候，我会充当母亲厨房内的小助手，但就是帮忙洗洗菜、切切蒜头这类的鸡毛琐事。几回从旁看她拿起菜刀用力剁着生猪肉，随着砧板上发出咚、咚、咚的切剁声，不一会我在餐桌上看着那锅排骨汤，内心仍残留几分疙瘩。

生肉的味道。我几乎无法站在市场肉摊前，昏红色的灯光下，挂钩勾上一串串猪的各个部位，然后利落地告诉店家我要什么部位几斤多少钱。我觉得老板在大力剁肉的时候会有不甚明确的生肉屑飞溅到我的衣服上，那些肉眼不见，却像成千上万的细菌爬满全身。

津津有味吃着餐桌上料理好的肉，却不敢独自站在第一线去买肉、料理肉，我可能假寐地跳过了些许环节，也因此我所掌厨的晚餐，就是蔬菜、蛋料理，顶多煎鱼或海鲜。这一切直到养鸡以后，我不得不在每回带鸡去杀，随后拎回整只赤裸裸的鸡身回来，从旁协助TN将全鸡肢解分剁、分装入袋之际，血淋淋地逼视自己所要食用的生肉。

而我是在“小胖嘟嘟”送去杀了之后，才在几乎没有觉察的意识下，开始与料理生肉这件事做了正面的对决。在第二批土鸡三日龄的时候，我便注意到小胖嘟嘟，它的身形圆胖、鸡爪特别粗，眼睛圆不溜丢，瞳孔则是浓厚的黑，像卡通人物一样。随着时间一天天过去，小胖嘟嘟长出了鸡冠，展现出光亮的羽毛，它原来是只公鸡。而所有养鸡的人都知道，公鸡是不能久留的，它们消耗饲料快，好动、爱打架、喜欢高声啼叫，况且不会生蛋。可偏偏我的爱人是只公鸡，爱到生不如死。

必须承认人类是有偏好的动物，因着这份偏袒，我会抱它去菜园找虫吃、会在夜间带它出来猎蟑螂，甚至一直以来，我都觉得小胖嘟嘟脖子侧边连接到翅膀之间，那公鸡滑顺的肩膀弧度，与TN脖肩的弧度与肉质很相似，我常常在一头埋入TN脖子的时候，脑海会浮现小胖嘟嘟。朋友说那是奇异的动物情欲，隐晦神秘，几分荒诞。

满六个月的熟龄大限已届，几番延宕，小胖嘟嘟终于还是在某日清晨被送到处理鸡的妇人手中。我思念它，可明白这是必要之恶，我决心要好好料理它，它的每个部位。

打开水龙头，在流出的清水下我洗净鸡胗、鸡肝、鸡心与纵向剪开的鸡肠，将多余的油脂去除，下水汆烫，其中肝脏肥厚，需烫得久一些。用勺子捞起后，我逐一切片，丢入热好麻油与姜丝爆香的炒锅中，煎至焦香，最后撒上盐粒、浇淋米酒，上桌，与方才氽烫后的下水汤组成一餐。之后，也将鸡胸肉切块，以酱油、糖、酒浸渍一时，再裹上薄粉入锅油煎。再将鸡翅、鸡腿加入酱料，还有门前栽植的迷迭香，腌渍一夜，入箱烘烤。还有周边的鸡头、鸡屁股、鸡爪、鸡脖子与鸡骨，加入近日采收的刈菜与姜熬成鸡汤，为冬日去寒。原以为各个部位都已悉心用尽，一回农友来访，提醒了下回可先以锅盆装盛米粒，请处理鸡的阿姨把鸡血放入锅盆里，将来拿去蒸，就是鸡米血了。

全心全意善用鸡的全部，是对已逝去生命最高的敬意。一位曾经跟着部落族人上山打猎，因为亲眼见到宰杀山羊的过程而茹素了半年的朋友，后来在想法上有些许转变。他认为与其在饮食上采取极端的道德洁癖，是否更应该去直视动物生存以至于死亡的过程，或许才是取得肉食最诚实的方式。

嗯，虽然至今我仍无法坦然面对所饲养动物的生死问题，可是与其扭过头选择什么都不去看见，我想尽可能站在第一线，去看见、去碰触自己所食用的肉类来源。

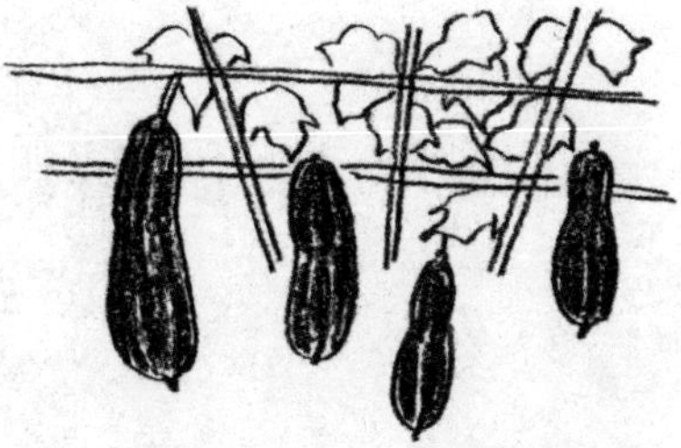

chapter 3

河边菜园

Chapter 3 河边菜园

楔子

种菜是还住在都市郊区的时候，就在家附近小规模实践的心愿，也是当初决定搬迁到乡下的主要理由。是啊，好想种菜啊！几年前我明白了，所谓“想望”这种事情，大概是一开口便无力改回去的东西吧。人一旦对于某件事产生了想望，往后的人生只要遇到机会，就会趁缝钻去做了。

顺利搬到宜兰农村后，前后在村里换了几个菜园，有晴天时土壤硬邦邦、雨后黏答答的黏土菜园，也耕作过满布大小石砾、总是留不住雨水的石头菜园，而后才遇到一座傍着小河的砂质壤土菜园，土质松软、灌溉方便，通风且开阔。

小小的河边菜园，春作与秋作年年循环，每一季我都贪心地把当季适合栽植的作物统统种下去，于是小小的园子挤满了三十几种农作，有像树木一样矗立的、灌木的、草本的、蔓爬的，以及藏在土里闷不吭声的块根与块茎，它们共同居住于此，层层叠叠错落有致。而之所以非得这么贪心，是因为耕作与其他事物最不同的地方是，当你想绘画、想做木工，大可以腾出完整的时间来练习。可是耕作，即便一位有二十年耕作经验的农夫，也顶多种过茄子二十次、高丽菜二十次、稻米数十次，再怎么样，我可不想错过一年之中与它们打交道的唯一机会。

于是耕作这件事是这样被时节牢牢牵制着、被节气紧紧追杀在后，加上每日又只有晨昏时刻适宜劳动，于是耕作者不得不张开五感，仔细去体察天候自然与万物时序，也不得不在有限的实作练习之中学得谦卑。

〈巴掌大的田〉

搬到乡下之前，我住在城市的郊区，写书之余，平日也接一些相当零碎的活计维生，如替刊物采访撰文，或与杂志合作画插图，在三不五时要切换心智及脑袋的工作节奏里，耕作成为通往并维系大自然母亲的一条脐带。每一天在固定时段前往菜园，成为生活的必需，即便那块菜园相当迷你，迷你到每回我手持小锄头蹲在那里翻土，总有邻人围在一旁，发自内心觉得神奇，一边嘀咕着说："好像在扮家家酒。"是啊，如同孩子生硬垦出来的一方天地，那时甚至对于耕作一无所知，便种下了所有认知里最贫贱的作物，还向家人夸口之后上市场别买太多菜，很快这片菜园就要收成了。

当然最后除了苦得要命的地瓜叶与纤维老化的九层塔，我并没有如期收成，但那却是我人生中珍贵的第一块菜园，当时碰巧在杂志读到一首与自身对应的诗，贴合着彼时的生活与心境：

我做过形形色色的劳动，实际上是个菜鸟农夫，耕种着巴掌大的田地；可是我能读能写，换上唯一的好衣服就跻身绅士之列。我就是这种半吊子的人。

但是如果有人问我：那么，哪一种人比较美？我会毫不犹豫地回答说：劳动。

——杨逵《劳动礼赞》

耕作的日子如诗人所言，劳动很美，汗水是甜的。可以的话想年年如此种到老去。

〈假想敌〉

真正务农以后才明白，关于种田这件事，最大的敌人就是杂草——那些鲜鲜绿绿看来无害又谦卑的小草。松土的过程中，铲除白色的草根成为不得不为之恶，但因着它们旺盛的生命力，是无论如何也斩除不完，因此作物播种、移植种苗后，每周仍要下田除草。

老人说春雨滋养大地，是种田的好时机，往后还有秋冬，等到冷天来临后就有许多叶菜可种植了。

土里冒出各式各样的虫，蚯蚓、蜈蚣、蠕动的白色的虫，以及很细小的蚂蚁与它们的白卵，当锄头砍向泥土的瞬间，它们设计精良的地底世界也顿时成为纵向的透视图。它们是好人吗？噢不，它们也是敌人吧，向泥土要走了养分，作物所能得到的就减损了一些，但无所谓，我种的都是最贱的作物，应能无欲无求。

我只想种最容易生长的作物，地瓜叶、空心菜、青葱、香蕉、九层塔，让雨季替它们浇水、让阳光滋养拉拔，摒弃农药、肥料、除草剂，我所能做的仅是以双手除去杂草，并将叶菜已干枯的黄叶摘除，以免成为母株的负累，不与那些健康的还能行光合作用的兄弟叶片瓜分母亲赠予的营养。

如同静默的树一样，作物总有自己生存下去的心机，它们会忆起远古尚未被驯化前跃跃鼓动着的野性，向大地索得，然后活着。

〈早点名〉

清晨五点醒来，想起昨日艳阳高照，便起身到园里替作物浇水。早晨的蚊子并不比黄昏来得少，五点蚊子太多，八点阳光太烈，归纳理想时刻是六点到七点多，阳光稍稍露脸，给你一点点热一点点汗，还能把蚊子蒸开。

地瓜叶被吃得坑坑洼洼，如雕刻镶嵌的洞，一旁的蜗牛是罪魁祸首，缓缓摆动它悠哉的触角，若无其事。

单枝扦插的空心菜冒出侧芽，自土里蹦出，奠定一把青菜的雏形。假使从市场买来一把由十根空心菜组成的青菜，一个月后会变成十把由十根空心菜组成的青菜，再一个月就会变成一百把青菜。土地像是聚宝盆，复制再贴上，“Ctrl+C”后“Ctrl+V”，源源不绝。胡萝卜宣告死亡，在冰箱里发芽的胡萝卜头不适应野性泥土，烂成一团红色泥膏。

原先把香蕉栽植在田中央，想想等它长高后，那一扇扇香蕉叶岂不把青菜的阳光都遮住了，不妙，赶紧发配边疆。另开垦了一块香草区，想种清单：红骨九层塔、薄荷、迷迭香。朋友说日本农夫会一株九层塔、一株番茄、再一株九层塔这样交替间隔着种，因为九层塔能驱虫，帮自，也帮别人。

指甲缝的泥巴、手掌与指腹上的水泡、拔草时的割伤、大腿后侧的酸痛，务农所给的不仅止于收成本身，而是务实感，酸酸累累却仍然欣喜满足的踏实感。

〈水泥盒子〉

来到盛夏，空心菜逐渐以极细的叶貌呈现，地瓜叶的味道日益趋苦，随着艳阳连日暴晒，土壤表面像水泥块一样方正平坦。

开垦至今四个多月了，或许土地想休息，想停止被索取，换以难吃的菜向你揭示。我将菜叶全部采收，连同初发的嫩芽也一并剪下，重新拾起锄头将土地翻开，水泥盒子坚硬无比，里头没有蚂蚁建筑的地下城市、没有蚯蚓，且因为日常勤于拔草，当然也没有菜根以外的杂项，它成为一块了无生机的人造之地。

我想起一个季节以前，彼时视为理所当然的生机盎然——土壤深层的湿漉之气，昆虫安居的所在，自然生长的含羞草、昭和草、禾本科植物，它们都因我的整肃与清算一一离去了吧，我终于体会“贫瘠”一词何所谓，竟在我眼前如此具体展演。

松软是土地最好的面貌，而杂草无所不在的根系如同打蛋器一样在地底下作业着，还能顺带涵养雨水，锄草或许并非必要之恶。

我将打碎的水泥地搅进一些果皮，然后收集干枯杂

草覆盖其上，巴掌大的田远看恍如一座坟，正安眠着，等待复苏复活。

〈南瓜○○公主〉

昨晚跟两个在嘉义大学修园艺的女生吃饭，在一间养了三只猫咪，整个晚上只有三组客人的咖啡店里。谈话末了我抓紧机会问道：“我的南瓜花每次去看都是花苞状态，是要等到雄雌花同时开花，才做人工授粉吗？”朋友问：“你都何时去菜园？”我答：“下午。”于是两人交头接耳，叽叽喳喳你一言我一语，回过头来总结说道：“南瓜大约在早晨七点到十点开花，每朵花就开这么一次，然后便凋谢了，其他像蒲瓜则是傍晚才开花。”面对这般离奇与浪漫，我不可抑制地在咖啡店里大惊小怪，怎么会有这种事，怎么可能！但无视于我的惊讶，女孩仍非常冷静地吐出：“嗯，我也是有朋友六点五十分就到田里去等，你也可以这样。”

几年前在都兰糖厂听歌，认识了一位名叫“哈外”的卑南人，他的朋友在一旁开玩笑说：“你别看他晚上在这里唱歌，他白天的职业是释迦打炮王子唷。”我心想这大概是什么特别的笑话，但原来他这样形容释迦农再贴切不过了。释迦农得在清早的某个时段，拿着毛笔去蘸雄花花粉，然后在雌花柱头公平地画一圈，画得越是公允，未来长出来的释迦就越圆、越端正。

今天清早我是南瓜○○公主，帮南瓜们开房间。祝你们永浴爱河。

〈自然组女生〉

我想谈一谈关于自然组的女生。我觉得文组女生对于自身的魅力，好的美的那些，是相当有自觉的，并不是说多么自恋，但就是能够自己意识到，而自然组女生可爱的地方却在于对自身魅力的无所察觉。第一次发现这件事，是几年前在台中自然科学博物馆那座透明的大花室里采访一名导览员，她穿着透肤衬衫，专注在介绍植物的时候，我忽然恍惚了，觉得她专注讲植物的样子极有魅力，是自然组专属的理性美，而且她的魅力在于，她永远不知道自己认真的样子有多具光芒。

但她们就是永远会像个孩子一样，谈起砍下来的头颅得要煮沸才不会腐坏、电影《秘密客》里蟑螂的公本母本与失控的迅速演变、植物的荷尔蒙与生长机制、漆黑泥穴里泥壶蜂如何瘫痪猎物以在死前为子代留下新鲜生肉，还有蛾类翅膀演化出如猫头鹰那般炯炯有神且吓人的眼纹，以及其他神秘离奇的昆虫拟态冷知识……是的，我很爱听，且永远都超级爱听！

〈菜园游击战〉

土地，从来不属于
你，不属于我，不属于
任何人，只是暂时借用
供养生命所需

一丘田，八百代主人
历代祖先，守护土地
再交付下一代
看顾，即使拥有也只是亿万年生命史
匆匆一瞬

——吴晟《土地从来不属于》节录

还住在都市郊山的时候，社区附近有块闲置已久的荒地，隔着巷道紧邻一排住户，一些住户于其上栽植几株景观作物，也有人小范围种菜。我观察了一阵子，便着手在那开垦了一小块地。在我种植以后，时不时有社区警卫前来吓阻："这里之后要做绿美化，不能种菜唷！"我指着一旁邻人也在那种菜，警卫却说，这片土地是"半私有”，他们是道路旁的住户没关系。这一切的一切在我听来都十分可疑，以及，去你的美化。

我想起吴晟的诗、想起社会对待他人的不同规格，但也几分心虚想起自己可能站不住脚。那时候对他口中的“美化”二字极其生气，是否只有修剪成方形圆形的景观植物才能名之为美，为什么在土地上生产食物会变得这般困难，所谓的土地权到底谁能拥有。

后来搬迁至宜兰，我看见当地人是如何惜地惜土。在住家门前矮墙与水渠之间，那可能仅仅一米宽的狭长区域，他们种菜。那块被两条小巷夹出来的三角畸零地，他们也种菜。那道让插秧机或收割机下至田里的土坡斜面，在宜兰下半年水田休耕之际，村人同样在坡面上栽种了秋季作物。农作在这里无所不在，一片片敷上了大地，养活了众生。

在香港作家陈晓蕾的《有米》里，提到了在国外蔚为风潮的“游击园圃”，最早是在欧洲有一群吉卜赛人偷偷在路边种马铃薯，后来人们也把向日葵种子撒在荒地坑渠、把薰衣草种在垃圾场外，他们公然挑战土地的使用权，像“快闪族”，像“涂鸦客”，他们是法外之徒，他们的行动就是理念。

如果哪天终于有能力买下了土地，那份透过购买而产生的拥有感，是否就从此快乐了？抑或是另一个切切实实使用着土地的人，就已经很快乐了？

〈作物感知〉

结束了台北生活，正式搬迁来宜兰，在这里取得土地变得相对容易，耕作的气氛更是弥漫街坊，家家户户都会种菜、在路上相遇也都在聊菜。当地也有许多农业课程，我开始广泛阅读农耕知识，并于日常身体力行，种菜不再是昔日的家家酒。

一次在学习种稻的课堂上，提倡自然农法的詹武龙向我们丢了三个问题："你觉得植物知不知道你的存在？""知不知道你在照顾它？""它感不感应得到你？"简单几个问题揭示了自然农法对于作物生命力的看重，使我明明肉身坐在课堂里，却仿佛活活生生倒退了三步，被逼至墙角哭了出来。

那时候脑海中被逼出了一个意象，我的作物就只身伫立在那座青山环绕的菜园里，望向四周那片将要开满桐花的山峦，它眼神些微朝向我来时的方向，它知道那个女孩又骑着摩托车，满心期待来看它们有没有长大，那张大脸每次都逼近它，仔细端详新叶长出来了没，它们每次也只好假装不动也没有眨眼。

我虽不喜欢人类将自然万物过度梦幻化、拟人化，但我的确相信作物是拥有感知的，如同植物被昆虫啃咬，会发出特殊化学物质来警告同伴，激活并促使它的同伴提早产生令昆虫厌恶的气味，以驱赶昆虫。因此我也选择去相信，像我这样一个日日来探望它们的大型生物，是足以使作物用自己的方式去理解我的存在吧。

第一次听课像看影展一样，被钉在戏院座椅如大地震动。

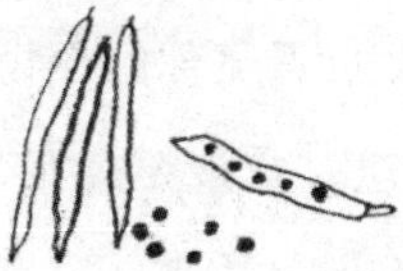

〈留种的事业〉

替作物留下种子的过程，就像在对作物说：
“放心吧！我会好好照顾你的小孩。”

——詹武龙

让作物开花结果，让子代保有上一代对于当地风土的记忆，延绵而生，是自然农法的核心理念之一。然而实际留种的过程是这样的：为了留下种子，整株的养分都留给了挂在植株上不断膨大、老化的果实，影响了当季部分收成，然后终于留下了种子，下一期还得先从种子开始育苗，此时此刻隔壁邻人早已到市场买了小苗，若再施加一些化肥，不到半个月叶菜就准备能收成了；而自己培育的小苗却是苦追在后，径自在幼苗期孤独且漫长地熬守着。

七代，若能为作物绵延了七代子嗣，你所选择的品种性状就能趋于稳定，他们会一代代较自己的祖先更适应这方乡土。那是一场遥远以后才能兑现的承诺。

除了替作物留种，不施肥、不因施肥而去影响土壤自然形成的氮循环，也是自然农法重要的观念。然而菜园是这样一个暴露在外的地方，人人经过看见你的作物生长缓慢、身形瘦小，你会不断地被建议应该要施肥，然后再不断地为自己为何不施肥而背书。

有时觉得农法像是一份信仰，有人将追求产量奉为圭臬，有人将自然视作唯一依归，人们站在众多价值选项的前面，被什么打动了，于是捡拾起来。那比较类似于一种“选择”，而非势在必行的“坚持”，比如以施肥来说，在种植的第一年所有作物我皆不施肥，如此我才能看见它们尚未被肥料遮掩住的实际情况，尔后我知道了哪些作物不施肥也能生长良好；又或者青花菜、高丽菜不施肥就仅有乒乓球或棒球大小，我再于隔年酌量施用有机肥。我虽明白在自然农法里留种与不施肥需要相辅相成，但实际上我希望有所收成，于是选择一面留种，一面在施肥这件事情上有所妥协。

因为自家采种的关系，在农历年后准备春耕的时节，菜园仍保留了上一季秋作正因春暖而花开的各种作物——冲绳黄萝卜展开大型蕈菇状的白色球形花、茼蒿绽放一朵朵鹅黄包覆着鲜黄的蛋黄渐层、白萝卜洁白的花瓣上流淌紫色的脉络，我看见了许多作物原本在显现之前就被吃掉的面貌，菜园于此时更像是一座花园，各色缤纷、赏心悦目。

〈模拟春天〉

参加了郭华仁教授在台湾大学举办的农民保种课程，在场认识了来自台湾各地的农民，他们各有本领，是地地道道货真价实的农夫。S在嘉义鹿草耕作，累积了许多老一辈人耕种与饲养方面的知识经验。有一回我的母鸡整日只知孵蛋，不吃饭也不喝水，令我担忧，S便分享了要将固着于孵蛋行为的母鸡抓头浸水，如此便能让执迷不悟的母鸡清醒。姑且不论道德与否，那些来自农村代代相传，农人与家禽家畜之间长久而来的对应观看，进而塑造出人与动物暗自伏流的亲密关系、神秘的共演化，都使得这些土法听来总弥漫几分奇异感。

春作放暖的三月中，万物复苏，我将前期置放在冰箱保存的种子取出，先泡水后再播种至苗盆，但不知是否因为气候还未完全回暖，许多种子静置在苗盆一星期后仍不动声色。此时S向我提及了“模拟春天”的概念，能让同一批种子整齐一致地发芽。他建议我将泡水数小时的种子，再次回到冰箱一天，理由是种子在泡水后，就好比春天造访时会先下春雨，等雨后种子吸饱了水分，还不代表种子们就会很整齐发芽，因为它们还不是很确定寒冷的冬天是否真的结束了，如果此时再把种子放回冰箱，然后再让它到外面吸收到温暖的温度，它们便会一致地确定暖和的春天已经到来，大家就不约而同一起发芽了。

我惊叹于在冰箱、水槽往来之间，农人已巧扮了上帝，并以双手创造出季节时序。他们以冰箱模拟了寒冬，让种子在漫漫冬日封藏能量，再将种子泡水模拟了滋养大地的春雨，最后以冰箱与实际环境温度之间的反差，模拟了暖和的春天。这之中令自己感动的是，在这样一粒渺小静默的种子面前，农人费尽一切心思与之谍对谍，采取相当认真的态度把植物视为有生命的事物来进退应对，这里头既微小又巨大的流动令人动容，就如同人们虔诚信仰天神的姿态，这之中发光发热的不一定是神明，反倒一直都是人的虔敬之心。

〈充实为胖子〉

肥料的诱惑大，稍微施加作物很快地就能充实成胖子，什么作物只要停滞生长或者衰败，路过的旁人只要一句："啊，缺肥！"仿佛就是一位懂得植物且经验老到的人了。但当你看见邻人在秋冬也种茄子也种蒲瓜，这种分明热爱夏季高温的蔬果，就能明白了当然在任何时间都能种植任何作物，因为肥料能撑起蔬果的样貌，让它们成为外形是茄子的任何东西。

"缺肥"成为作物种不好之际最容易归结的因素，却一手遮蔽了事物的真相。我的南瓜一直种不好，去年十月失败，今年二月再失败，倘若是土壤太黏，已搅进许多粗糠到土里，甚至动摇了或许南瓜真的是极需肥的作物，该要为它破戒。

而在播种季节、土壤特性、肥分种种可能原因之中，我却忽略了品种，东升与栗子南瓜都是对环境很敏感的作物，于是宜兰那乍暖还寒的初春，这样细腻的它们势必敏感得都快发疯了吧，也难怪农历年后移植的那批南瓜，就在反复无常的气候与黄守瓜毫不节制地袭击下奄奄一息了。

三月中移植了先前留种的车轮南瓜，据说与大陆的南瓜一样是对环境相对不敏感的品种，但愿车轮南瓜的粗犷不会计较总是暧昧的早春。

〈菜的变形记〉

种菜以后好像就自然而然知道什么季节会产什么菜，就不太会在夏季去市场选萝卜或芹菜，或在冬季采买秋葵与小黄瓜。然后因为作物的科别支撑起对于蔬果家族的认知建构，才惊觉许多颜色外形各异的它们其实本是一家，它们像得要命，却只因为演化长河上一时兴起变了形，成为今日街上互不相识的路人。

这么说来，以茄科家族的谱系来看，辣椒就是变瘦且身材干瘪的小番茄，反之小番茄就是丰腴多汁又比较发福的辣椒；茄子是红色的番茄辣椒变身为紫色大个头的长兄；糯米椒是辣椒那鲜少转红的倔强二哥；青椒则是再吃胖点的糯米椒他大哥。

隔壁村的豆科家族在分歧的路上也不遑多让，四季豆从来就是他方纤细得宠的娇娇女，双胞胎粉豆则是她那比较扁、比较不脆，可是很坚强的丑豆妹妹，长长的豇豆是她俩高挑热情穿牛仔短裤的大姐（酷爱夏天）；翼豆就是她们家族旁系那喜欢原野流浪的四角表姐。除此之外当然还有矮不隆咚的大豆亲族——稚嫩的毛豆小妹、劳碌一生的黄豆姐、苦命的黑豆哥，还有冶艳红豆姐、精实的绿豆阿弟，这些都是攀爬在竹棚顶端睥睨一切的四季豆、豇豆家族所不屑一顾且永不相认的穷酸远亲。

〈尤物〉

你的声音，

像秋葵黏黏的，

用听的最性感，

用写的最可惜。

〈白萝卜〉

许多看不见的根茎闷在土里不说话，

漫漫冬日无声滚沸，熬你的耐性。

〈十四只老鼠〉

十四只老鼠的老幺早晨才穿起睡裤，两眼惺忪爬下床，本来要跟妈妈再去吃地瓜的，却突然被巨人的锄头一砍，山洞崩裂，地道见了光。十二月底的晴朗周六，采地瓜时一只小田鼠突然从泥地窜逃出来，TN把它捡起来，盯着它的同时一边明确地跟我说：“它在哭。”我竖起耳朵皱起眉头大声问：“什么？”他再次用肯定的语气：“老鼠在哭。”不知道是不是日光反射的关系，它的眼眶好像真的有泪水打转，双手像在哀求也像在祷告，然后它实在像极了小时候最爱的绘本《十四只老鼠》里的老幺，那些印烙在童年记忆深处，会在树洞里揉面包、会外出渡河采莓果的那个老鼠家族。而后再有更大的田鼠冲出来，以及发现更多被啃食到一半的地瓜，或者看见被挖开的菜畦中明确有一条横向的地道，我都稍微能用一点点“同鼠心”来看待了。

〈雨的可能〉

位于邻村的黏土菜园，开垦时若是连续晴天，土块就会变得坚硬，若遇上连日来的绵绵细雨，土团则变得比较黏，两者开垦下来皆很费力。况且，黏性土质在仍然湿润的状态时开垦，等于是用锄头在玩黏土，施加压力把土团用力粘在一起，将来菜畦只会变得更硬，因此黏性土壤最忌在连续雨日后翻耕，我于是只在连续晴朗的日子，在土壤干燥的状态时垦地。

某一回恰巧在连续晴日后，准备去垦地的前一晚下了场雨，翻耕时发现土壤是松的，不会太硬也不会过黏，我欣喜找到了开垦的最佳时机，而后与S分享，他说在晴朗干燥的嘉义，开垦前一日会进行洒水作业，好让土壤变软，隔天开垦就会容易些。

自身的经验获得了平行的对照，有些恍然大悟，只是，我的黏土菜园没有水源，因此掌握自然天候时机变得更为重要，且除了开垦的时机要看雨水配合，若在小苗移植后或施肥后遇上雨水，都能事半功倍，甚至下雨过后，那些掺杂在植株间缝的杂草也能轻易拔起。我所种植的番薯因为叶片茂密，难以用镰刀深入其间将杂草根除，便是趁雨后将单株的杂草连根拉起。

春夏的种植得看老天给不给水，秋冬则因雨水连绵，叶菜相对好种，有时刚移植的菜苗在历经连续一周的细雨，就突然长大许多，让我不禁觉得宜兰冬季的菜是用雨水做成的，无怪乎许多宜兰人只吃受过雨水滋养的本地蔬菜，吃不惯市场里的南部批发菜。

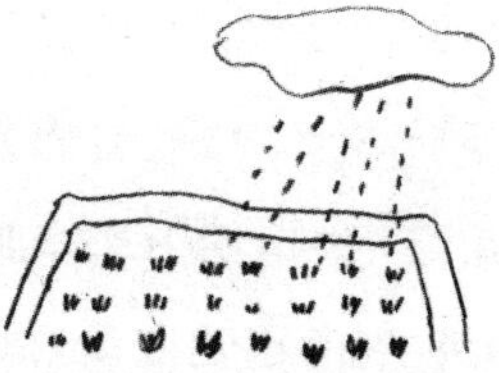

〈阳光底下〉

宜兰冬季细雨绵绵，竹筷与擀面棍一一发霉，就连卖场买来的三格柜也起霉斑，聊表无奈。大概是冬雨紧接着又有梅雨季，夏季一旦日头当照，人们虽感炙热，内心仍是欢欣鼓舞的。每见时序转热，邻人就从屋里将物品一一搬出，晒棉被、晒黑豆、晒豆腐块、晒大大小小的玻璃瓶罐，并横挂竹竿串晒匏瓜圈、用细竹夹住粽叶整平晒干，也趁着阳光正好，酿酱油、制米曲、做豆腐乳，巧妙运用阳光与那些看不见的菌来保存食物。此时刚收割的稻农也在烈日下翻晒稻谷，就连我养的鸡都像猫咪一样翻着肚子做日光浴。

盛夏将村人、农作物、鸡、猫、狗全都召唤出来，阳光底下我们不分物种一概平等，如沐如浴。

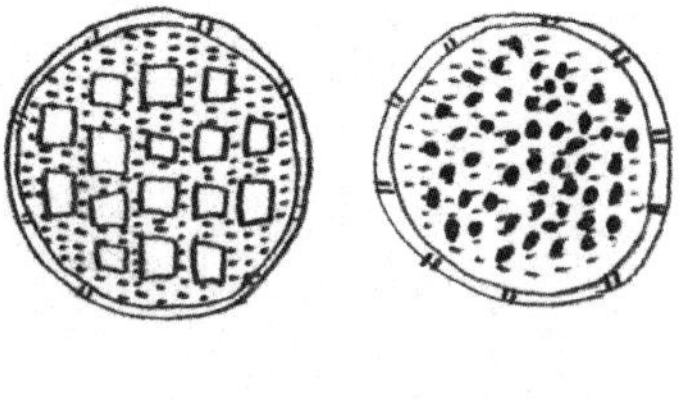

〈上山采集〉

关于采集，起先是路过、无意间发现了什么，充满机遇与巧合。后来我渐渐相信，我们真正所需的东西，很多都能向大地直接索得。

Xay的稻田在山脚下，接近七月收割前却被山猪玩得满目疮痍，想循着山猪的轨迹往山里探，却发现一片野生的莲雾林，问了地主那片林子无人拥有，我们便放心采果，在满地腐烂落果的林间巡查，寻找仍挂在树上比较红、比较大的莲雾，野生的莲雾没有市场的来得丰满多汁，但也足以解渴。继初夏土地赐予我们的果实，暮夏进入初秋的九月，家住壮围的J带我们骑乘那条修建在狭长沙坝上、两侧种满桑树与防风林的自行车道，我时常跟不上他们，因为每骑一段路，我就被树上暗紫深红的成熟了的桑葚吸引，边骑边吃。

我们耕作了、饲养了，却忽略采集也是一条与土地贴合的路径，于是我开始大量将采集的概念运用在耕作与饲养方面。春夏季无论是长豆、番茄、丝瓜都需要竹棚，竹林就是最好的采集地。

而在育苗的阶段，种子因为幼根细小，需要更松软细致的土壤，山林步道旁那些因落叶长年累积而成的腐殖土，即为理想的育苗土。其他像母鸡生蛋所需的巢箱、堆放果皮菜渣的塑胶篮，我就往村里庙旁的资源回收区探看，成为一名拾荒者。

拾果、砍竹、挖土、拾荒，又因为日常生活需要一把长凳，台风过后我们到海边捡拾漂流木，哪天需要一个鞋柜，就再到路边寻找废弃木栈板与角木。

而每逢夏季高温，菜园里杂草出奇茂盛，作物又渴得缺水，我便到超市取得许多废弃纸箱用以覆盖菜畦，并到海鲜餐厅要来即将丢弃的保利龙箱，置放菜园间，静静等待夏季那场来得快去得也快的暴雨，作为果菜的灌溉水源。

从土地自然的采集，扩展到超市与餐厅后台的采集，我有些高兴我没有再为地球增添新的消灭不掉的物质，我喜欢那份掺着汗水为生活付出的劳动过程，即便奔波也能感觉踏实。

〈锯竹〉

来乡野的头一年还不认识竹材，只身进到竹林，大抵枯竹都被有经验的人采走了，只见翠绿色的竹子还矗立林间，也没多想就锯来使用。新鲜的竹子管壁厚，前后拉锯时纤维还饱含水分，年轻且湿润着。将竹材载到菜园，一根根打进土里定桩，再用旧衣物裁成的棉布条绑系横向的竹梁，为丝瓜搭好棚架，心满意足。想不到数月过后，竹子却在土中生了根，此时才赫然明白自己不是在搭棚，比较像是在帮竹子扦插繁殖。

曾经听过竹子是很善嫉的植物，它的根会释放某种排他物质，让身旁其他物种无法顺利成长，也因此造就了竹子都是成片成片地扩散，像强势的集团恶霸排挤着他人。或许那年丝瓜种得不好，正是被身旁那位伪装成要来协助它们爬高的好人给暗中妒忌了吧。

还记得那回载竹子，把竹材横放在摩托车脚踏垫上，不巧遇上四点的放学潮，横向两米宽的怪人阿姨就这样迎面穿越一个个瞪大眼睛的孩群之中，还好孩童够机灵，各个左右分流弹跳闪开，没被伤着。

后来终于知道了砍竹要找三年竹，岁数三年的竹子水分少、韧度够，当然也不会生根。并从书中学得日本将竹子锯成“交喙形切口”的工法，能让横向的竹梁稳稳卡进竹柱顶端的凹槽。也从经验得知载竹要找同伴，一人骑车，一人直向抱竹，那顶多会变成长度很长的机车二人组，怎么样也比横向路霸来得方便移动。

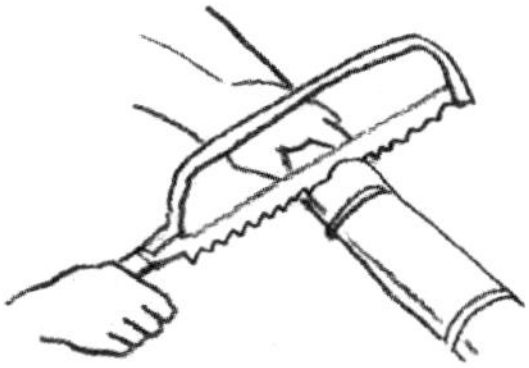

〈山土〉

为了顺利将种子育成菜苗，耕作初期我到农业资材行买了一大包德国进口的专业培养土，只是这些经过人工调配、无菌处理过的土，用完了就得再坐船远从欧洲抵达中国台湾，怎么想都不是永续的做法。一次在山里散步，发现了相思树干枯的落叶在道路上堆聚成一团松散的小丘，再往路旁看，杂乱无章的大花咸丰草底下，累积了十多厘米厚的土壤，我于是返回家中拿布袋与铲子，将杂草除尽，取得底下松软的山土。挖土的过程中常会遇到蚂蚁窝、山蟑螂、蚯蚓窜出，里头也有各式各样看不见的天然微生物菌，我相信比起德国进口无菌土，生机蓬勃的山土会是自然更好的样态。

取得的土糅杂了枯枝落叶，我于是到五金行买了细格的铁网，用捡来的角料钉成筛土网，通过网格关卡的细土纷纷落至地垫上，仿佛下了一场柔软的土雨，堆成一座蓬松细致的小山。

每回在挖土与筛土的过程中，都会有种“发财了”的错觉，像这样健康的山土对耕作者而言简直就是黄金，全程赋予你一种强烈的富有感受，当然永续循环能让你减少浪费物质与制造垃圾的罪恶感，但这之间也包括免费的自由所带来的畅快，在无奈的资本横行的社会底下，我们能借由采集或者耕作饲畜，稍稍从物质购买的绑架系统叛逃出走。

纵然街边有种子行、苗行、农业资材行、竹行，隐隐诱惑着你用新台币购得便利，但有时候我宁愿习得自家留种育苗的技巧、认竹砍竹的方法、木作的本领，以及累积上山找土的经验，以获取劳动的踏实与快乐。

〈小森林〉

以几十平方米大小的菜园来说，本地村人顶多栽种两三样作物，我却种了三十多种。以春作来说，除了基本款的长豆、茄科、秋葵、果类、地瓜以外，我也种植姜、芦笋、山药、高粱、树豆、芋头、百香果。而秋季必备的有十字花科叶菜、萝卜、莴苣家族、茼蒿、洋葱、马铃薯、四季豆与豌豆，葱、蒜、芹菜、韭菜等常见辛香料，我进而尝试了角菜、蕗荞、茴香、冲绳黄萝卜等作物。

原本就多元栽植的作物种类，以及大部分被保留下来的杂草，再加上前一季自然掉落至泥地里的浆果、结穗飘落的细小种子，自行孕育出小番茄、紫苏与苋菜幼芽，于是水平分群层层叠叠，一路从泥地里的蚯蚓、蜈蚣、鸡母虫，到畦面上的蔓性杂草与穿梭其间的瓢虫、螳螂、蚱蜢、蜜蜂、蛾类幼虫、青蛙、蟾蜍；从自然野化的前期幼苗、底层中坚的叶菜、中等身材的果菜，往高处攀爬的豆科、山药，棚架上蔓生的百香果、一旁矗立的木瓜树，它们在此独自建构出自己的生态系。若说邻人的菜园是温带地区整齐划一的针叶纯林，偶有棕熊于林间觅食，我的菜园就像台湾山林，温带、热带与亚热带树种交融于一炉，山羌、猕猴、飞鼠、山羊生活其间，看似凌乱却满富生命力与澎湃律动。

曾经在菜园里挖了一株九层塔，给住在都市的朋友种进盆栽里，没多久便传来蚜虫来袭的消息。我的河边菜园因为生物多样性的缘故，即使有虫，也鲜少需要去“防治”，因为在一座物种够丰富的野地森林，各类动植物会相互制衡，自行激发出最后的平衡状态，只要我们愿意相信自然本来的力量。

〈小番茄的退路〉

宜兰的秋冬多雨，番茄淋了雨会得到属于番茄界的足癣，叶上有灰白斑点，没多久就不敌霉菌的侵袭整株败坏了，因而宜兰的番茄大多种在温室，娇滴滴地被呵护着。从邻人那取得在台湾野化许久的小番茄种子，它很坚强不容易得病，但就如同其他品种的番茄一样，繁生的腋芽东长西窜，倘若不加以理会，很快植株就会杂乱无章，过分生成的侧枝瓜分了营养，难以结出丰硕的果实。

许多作物都会长出腋芽，只是腋下的芽没有狐臭，多数时候不要紧。但番茄的腋芽却无法置之不理，因此农人三天两头就要去菜园巡逻，把那些悄悄冒出来的腋芽辣手摧去，往往一阵捻完，指缝也被汁液染为黑色了。

原本不甚明白腋芽的用处，倘若植物终其一生以留下最完整丰硕的果实作为繁衍使命，何苦再派遣腋芽来自乱阵脚。直到那年异常寒冷的元月，浅山降下皑皑瑞雪，平地田间则飘起细霰，一夕之间，原本繁盛的番茄植株所有青嫩细薄的叶片都瘫软枯萎。心灰之余，时隔几日我却见到植株上原本不起眼的腋芽替代了已冻逝的正牌侧枝而生，如同背负使命的遗族，缓慢而坚决地从番茄坟场中吐露一线生机，始才明白腋芽一直都是小番茄为自己所留下的退路。

〈上游捎来的讯息〉

农村的生活大抵是安居的，但大多时候其实无关乎你想不想，在农村所做的事情会让你不太能走远。搬来宜兰以后，整日在鸡舍、菜园与稻田间往来，底下有众多生命嗷嗷待哺，待你照料，我逐渐成了一个农村宅，除了偶尔回台北与亲友相聚或接洽工作，难有长途的远方旅行，有时我会提醒自己世界之大，怎么就这样把日子过小了。

不过大部分的时光我仍安于当一个农村宅人，在特定的幅员之内习惯于生活的自适与缓慢，流连菜园、图书馆、山上与海边、本地的庆典与活动，觉得自己或许不需要远方。

钉在生活与工作的汇流处，家常日子的路径基本上是固定的，偶尔穿插突来的信息。有段时间天天到河边菜园忙于农事，今天看到河里有剥掉的笋壳，明天一只死鸡顺水流过，后天是高丽菜的外叶或者风化脆化的旧竹枝架，我才体会到河川是会捎来讯息的，如同那位总是轰隆轰隆将绿色邮车停在平房前，大声呼喊收件人姓名的邮差阿姨，她也是一条河流，捎来远方的明信片与包裹。

宜兰密布清澈的河川支流、渠道、水沟大排，好像无形间串联起境内人们的生活。我几乎能想象菜园旁这条来自兰阳溪的水渠，上游的阿伯采收了竹笋，他就站在河边用香蕉刀利落除去笋壳的姿态，或者那日清晨阿嬷发现鸡舍死了一只病鸡，随手将它抛进河里的身影，以及将最后一批豇豆收成，并除去杂乱豆藤与使用多年的风化竹枝丢进河里的阿公，他们无意间还之于河川、出海口、大海的信物，流经了我，并在我脑海中勾勒出他们某日晨昏的菜园片段。

我时常站在离河面一米高的菜园边上，将绑系普鲁士绳结的水桶抛进河中打水，有一回绳子没绑好松脱了，鲜红色的水桶就径自随着水流越漂越远，我们一路大步跃过好多人家的菜园，还一度一人抓脚一人横扑在泥地上伸手就快捞到水桶，最后却被昔日鱼塭建起的颓圮红砖抵挡住，眼睁睁看着水桶消逝在河的尽头。

或许隔日，家住壮围的农人会捡到一只上游捎来的水桶。上游捎来有人曾经拼了命想救水桶却仍失败的信息。

〈死人盆栽〉

平房旁的砖瓦老屋久无人居，倚着墙边接连着一块畸零的小区域，上头杂草丛生。一日我们把野草清除，覆上了一些泥土，每日随口吃的果皮菜渣就直接往土里扔。

我没有将果皮菜渣埋进土里，生鲜的东西埋进土里会发酵产生热能，那会伤土，伤害土里本该就有的天然的菌；我也没有特别买菌来做堆肥，我相信物质置放在土壤上，久了，时间本身就会把它们变成土。

养了鸡以后，鸡把果皮、菜渣、剩饭、虾壳、牡蛎壳、鱼头，通过小小温热的身体全都变成了鸡屎，一样置放在土壤上，比起原本的食物面貌更快摇身一变成为泥土。我所有吃不下的、不能吃的，鸡都能吃。当鸡还小的时候，我像对待婴儿那样把厨余剪碎、剁碎、敲碎，满三个月后，它们比我想的还要灵巧坚强，运用尖锐的喙还有爪子，连排骨也啃得一干二净。

满六个月后，成熟的鸡一只只都能吃了。在喝完鸡汤后那些啃完的鸡脚、鸡胸骨、鸡脖子、鸡头，我能像排骨一样拿去给鸡吃吗？给鸡吃鸡道德吗？

彼时我有些迟疑。

一日，在清理后院时，发现墙角一个被藤蔓缠绕的彩绘瓷骨盆栽，看来有些岁月，想必是房东的阿嬷之前住这里所留下来的吧。我把盆里的土壤倒出来，一面用小铲子把结成硬块的土壤敲碎，里头和着蜗牛壳、腐叶，陆续还掺杂着模糊难辨的褪色碎布。才心想为什么土里会有碎布，一时之间失控的想象力与本就有的易惧体质，我联想到死人，便感到一阵惊惧，突然害怕眼前那些土。只是我随后也意识到，其实土壤本来就是死人，土壤就是千万年以来，所有死去的，包含人与各种生物所变成的。我们的骨头与遗骸在土里，我的爷爷奶奶外公外婆变成了土，我未来也会变成土。

而我所饲养的鸡也终将变成土，明白了这一切，那么给鸡啃鸡骨，又有什么分别。如果能意识到所有的生命最后都会变成土壤，然后从我们身上再长出生命去喂养其他生命，就不会觉得有所谓的残忍与道德抵触了。

〈野草是甜的〉

信步来到河边的菜园，一路上会经过几位邻人的菜畦，这里的村人有些固有习惯，他们喜欢把杂草除尽，也觉得倘若不施肥，作物就不可能有所收成。

除了施用化肥，也会向附近养鸡场要来鸡毛，黑黑灰灰的鸡毛平铺覆盖在菜畦上，像压扁成长方形的倒地灰熊。

耕作的次年起我便忍住不除草了，忍住那些勤劳，那双想把杂草除尽的勤快的手。但人有偏好，我辨识出竹仔草就是我在黏土菜园里的头号死敌，它一发不可收拾的夸张性情，一旦蔓延开来，就以匍匐大军全面攻占，所以看见了就要连根拔除并丢到河里以绝后患；我也习惯除掉一部分的咸丰草，只因为它太优势，我便充当神之手来平衡众生。其余只要杂草没超过作物本身高度，不会遮挡作物所需的阳光，我都一概保留。于是时间久了，蔓生的菁芳草鲜鲜绿绿爬满菜畦，车前草抽出花苔，鼠曲草与黄鹌菜开展黄色的花，酢浆草吐露紫花，我的作物藏匿其间，浓烈成一片丰盛的绿。

自从不把杂草视为敌人，渐渐能看到各种杂草完整的生命历程、它们开花结果的样子。我看见酢浆草除了底下球茎能够繁衍族群，花开后结出了微小却精致的迷你果荚；然后水蜈蚣散发出香甜的气味，不是糖果那种味觉的甜，是用鼻子就能闻见的嗅觉的甜。

一座菜园在视觉看来是绿的各种层次，但在嗅觉的光谱里却是五彩缤纷的。我是在种菜以后，才开始确切地感觉到，四季豆有一股很浓的芥末味；小松菜附有极具特色的苦甘滋味；白萝卜有独特的辛，一种暧昧的辣性。然后也发现九层塔的花序就如同九层塔叶片的味道；胡萝卜的叶片也有胡萝卜的味道；甚至若用镰刀去砍木瓜枝干，枝干渗出的也是木瓜味。整个植物本是血脉相连的一体，想想各部位的味道相同并不奇怪，只是我们鲜少去吃胡萝卜的叶子、九层塔的花、木瓜的茎干，所以感觉陌生罢了。

有一天晚餐吃杏鲍菇的时候，我突然发现杏鲍菇有股杏仁味，惊呼之余回头想想，这天大的秘密不是早就揭示于它简短的命名了吗？我从前是味觉相当驽钝的人，曾经在某次喝红茶时，我问了身旁的朋友如何分辨好喝与难喝的红茶，她抿了抿口中的红茶，想了一会告诉我："如果你喝过好喝的，就会知道了！"

如果吃过好吃的东西，就会知道什么不好吃。如果看过健康的土壤，就会知道什么是不健康的土壤。事物有诸多的味道，只是过往从未觉察。

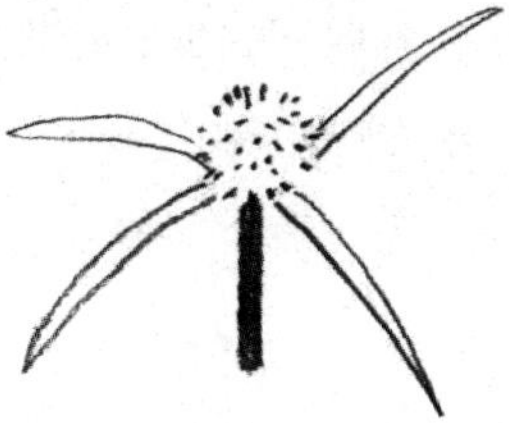

〈排队按门铃的作物〉

一心想着耕作，期望在每个季节把所有适时适种的作物都贪心试过一回，于是在辣椒丰收之际才想到自己其实不怎么常吃辣，或是收成一撮不上不下的黑豆连做豆浆都嫌少，以及，我到底种那几株高粱要干什么呢?

我的原生家族从来就不是传统农家派，什么端午肉粽、清明润饼、过年做粿，一概没能从老一辈传承下来，我却在搬迁农村后，兀自站立在丰收的作物前，才恍恍然被逼出料理食物的能力。然而作物就像来访的朋友一样，很难在一年之间均匀配置，他们总像约好一样接踵而来，然后又在某些时节各自埋首生活，徒留一阵寂寥。每年种子刚播到土里的初春与早秋，就是那样一个没有作物来访的空窗季节，数月过后，初春播种的作物在五、六月突然一窝蜂地造访你家，长豆、茄子、秋葵、小番茄、玉米笋一个个如同急惊风迫切地排队按门铃，叮咚叮咚，我们的胃应接不暇；而早秋播种的作物则于岁末相约团聚，由芹菜、珠葱、萝卜还有茼蒿领军，强势入侵民宅餐桌举办冬日派对。

因而如何将当季盛产的作物封存起来，成为生活在农村的必要技能。年底盛产的洛神葵，加糖熬煮成洛神露或果酱，留至夏季开胃解暑；菜园里的香草植物在夏季特别旺盛，我趁着尚未开花抽序、叶片仍是鲜嫩的九层塔与罗勒采收风干，搅碎后掺入橄榄油与坚果制成青酱，用来拌面或涂抹在面包上；另将紫苏在烈日下暴晒几天，水分蒸发后轻轻一捏就粉碎成酥，装入密封罐，将来炒蛋或拌入稀饭皆宜；并将毛豆加入香油与胡椒凉拌，再加入菜园里香气类似八角的茴香替代，同样别有滋味。

糖煮、油渍、烈日下晒干、放冰箱冷冻，人们无所不用其极以保存食物，但部分高产且采收期特别长的作物，仍以铺天盖地之姿占据了农家的饮食地图，如同夏季，农家可能整整吃了三个月的长豆与茄子，每日按时采收定时定量，奶油、沙茶、咖喱、凉拌、煮汤，我们可能快变成了长豆茄人。而所谓的自给自足实际上就是秋冬日日被芹菜与珠葱淹没，到了春夏则转身跳入茄科与豆子海里尽情溺水哗啦哗啦。

虽然因作物的配时不均，要达到每日自给自足的程度仍很遥远，但偶尔夏季餐桌上一碗地瓜饭、一盘秋葵沙拉、番茄炒蛋、芋头甜汤；或是冬季的蒜炒茼蒿、烫豌豆、卤萝卜、一锅山药鸡汤，达到高度的粮食自给率，还是会欣喜满足自己正朝实践理想的路上缓缓前进。

〈洛神加工厂〉

除了河边菜园，另一座位在邻村的黏土菜园因为蜗牛多、土壤又黏又硬，且没有灌溉水源，叶菜屡次种不好，新苗种下去，不一会就被蜗牛吃个精光。后来索性把去年采种的洛神籽育成小苗，成排栽植了十余株，这个耐旱、不挑土质，且不易招来病虫的强韧作物，果然在年底结满了鲜红膨大的花托。

用修枝剪采下一颗颗红宝石，在冷冽的冬日起了炉火开始熬果酱、煮果露、腌蜜饯，也趁着难得的秋老虎周，把洗净风干的洛神拿到屋顶晒日光浴，做成果干，留至夏季冲泡来喝。隔了一段时日再访菜园，又一批新生成的果实挂满树头，我将它们装入箱里，寄给在雾峰开烘焙工作室的朋友Taco（塔可），他于是做了洛神蛋糕来访宜兰，我的洛神，你的蛋糕，流淌传递着食物的温度与美感。

又过了一些时日，土地仍然源源不绝生成食物，上一批做的果酱已分送给亲友了，面对新生成的收获，我想着自己还要继续再重复一样的事吗，那仿佛工厂生产线机械般的熬煮？

此时Taco正好代合作的咖啡店来询问，想向我购买洛神，我首次面对了卖不卖农产品的问题。

我开始上网搜寻洛神每斤的交易价格，依照不同年度丰收或歉收、不同栽种方法与肥料有无、除草剂有无，菜市场零售与产地批发，产生了各种高低价位，我突然感到一阵犹豫，觉得一颗颗鲜红色的饱满果实在我眼中变成了硬币，我真的想把种菜这件事情转化成金钱吗？人们的想象力是很丰富的，事物一旦曾经换算成货币，往后的人生你见着了它，只会在意它的产量、产值，我一定也会重新度量劳动的价格，就连汗水也贴上了标价。

以蔬果来比喻或许有些抽象，如果试着用母鸡来思考，两者一样都是从小拉扯长大，一路看着它们长成并有所获。倘若一颗鸡蛋贩售十元新台币，但你曾看见母鸡用力生蛋的辛苦过程，会觉得一颗鸡蛋真的只值十元吗？这个价格是对不起鸡，还是对不起自己照养过程的辛劳？又或是，给自己吃难道就不贬低蛋的价值了吗？

也许养鸡生蛋给自己食用的过程，比较像是：我替你建造鸡舍以遮风挡雨、每日清洁维持环境舒适；替你找来碎米，日复一日因你而早起，煮饭喂水，栽植辣椒用以拌饭，使你有更强健的体质抵御寒流。而在这一切过后，母鸡用生了颗蛋向我说声：“谢谢你一直以来的照顾，让我免于在野外挨饿受冻，以及时而对抗猛兽的险恶。”而贩卖鸡蛋的过程，就类似于把鸡视为生财机器，母鸡用力一蹲，哐啷哐啷滚出十元新台币。

也许因为真的太喜欢种菜了，以及对自己所饲养的鸡投注了情感，我宁愿赠送或交换，却不想贩售，觉得这么做可能会混浊耕作的初心。但当然，倘若有人特别擅长栽植作物、制作出来的农产品独具风味，或者为了生存养家以此为工作，那也都是人们的选择，只是现阶段不卖农作物是我个人的选择罢了。

明白了乡村的人为何长久以来习于以物易物。事物似乎是贴上了标价，便减损了它在你心中的价值。

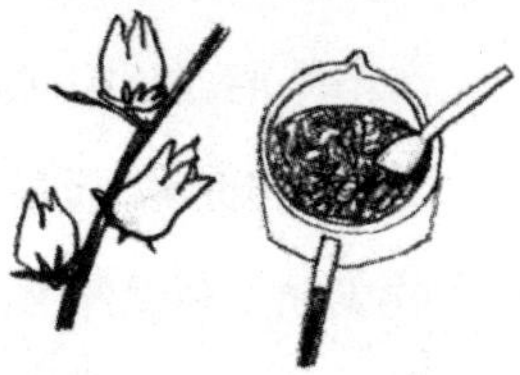

〈种稻学习笔记〉

下田的门槛／喜欢种菜的心意是确定的，觉得陪伴作物一路茁壮成长的过程，令人心满意足。至于种稻，一样也是伴随稻米孕育的路程，只是它不如菜园里形形色色的缤纷蔬果，它仅仅担起作为主食的大梁，在广阔的水田只栽种单一作物。

起初对于种稻兴趣并不浓厚，几分地的田，只有一种作物无限复制，还有泥浆化的田土得一脚踏入。搬来农村后虽报名了种稻课程，头几堂课却还是犹豫着真的要下田了吗？后来才索性到宜兰市区买了下田鞋，下定决心走入泥泞田土中。毕竟，餐桌上有菜、有蛋、有鸡肉，生产稻米便成为完成自给自足的一张重要拼图。

陈阿公的大玩具／陈荣昌阿公是员山深沟村七十多岁的老农，是最早自根深蒂固的惯行农法中，跳出来尝试友善耕作的资深农夫，也是我们友善稻米耕作课程的老师。从稻米插秧到收成的四个半月，一路伴随我们种植稻米，也种植这群菜鸟农夫。

我记得初期面对这片稻田时，陈阿公最早教给我们的观念就是“水位控制”，要认识四周环境的水文、水路，是来自兰阳溪的灌溉渠道，还是来自山里的泉水，然后观察各块稻田的进水口与出水口。当田里还是稚嫩秧苗时，最怕福寿螺大军来啃食，这时田里的水必须少，少了水，螺贝类就会钻进泥地里躲起来。而当秧苗逐渐长大，在地底下伸出探索的须根寻找养分，此时就怕杂草来竞争阻碍，这时田里就需要进水，让还在田里的草籽因浸水而无法发芽。

农人用木板或砖块挡住水口，进水口的木板拉开来就仿佛是转开到最大的水龙头；木板挡住，就变成了细水慢流，而出水口则像是浴缸的圆球栓塞，挡起来，水田浴缸里的水就保住了。听着陈阿公滔滔不绝地讲述水位，那是我在这门课中第一次具体感受到，种稻与种菜原来是很不同的两件事。如果你种了一块地，你就是这一块地的管理者，这是人与自然约定的一场很大的合作关系，农夫独自面对这片庞然大物，而她交给你决定水龙头开多大多小、杂草与福寿螺怎么处理、何时晒田、何时收割。我看着陈阿公的身影，突然觉得这片田地像是阿公的大玩具，无敌放大版的玩具。

手插秧 / 一把蔬菜、一颗瓜果、一只鸡，在成形之前，都有许多种植或饲养途径。种稻也不例外，每一粒稻米收成前也有千百样种植的方式。在我们学习种稻的地方，有人走自然农法、有人学朴门、有人草生栽培、有人采惯行，有人全程机械化、有人走极致的手工路线。我们所种植的稻田，大部分采取机器插秧、机器收割、进厂烘谷，但同时也保留一块小区域，跟着阿公手插秧、手割稻、日晒米。很多时候，因为经历过扎实的手工基础，再去使用机器协助，才能深刻明白机器替你做了哪些事情，也才能看见过程里的种种细节。

手插秧之前有件重要的工作——牵轮子画线。陈阿公为我们示范此项传统农具的操作方式，只见阿公不疾不徐，一步步优雅地游走田间，画出一道道笔直的线，再垂直牵出横向的线，如此画成的格子，成为农夫在水田画布上打的草稿，以利秧苗对准在十字上。

奇妙的是，眼看着陈阿公曼妙的身影，直觉这项农具应该不重，也应该不难吧，于是同学们跃跃欲试，却见到年轻力壮的男同学一个个变成驼兽，有人弯腰死命向前拉、有人双脚深陷泥沼之中……啊，说好的优雅呢？

格线画好后，手插秧又是另一门功夫。左手臂内侧如牛排店侍者那般盘放秧苗，一面理秧，右手取约五株秧苗插入田里，然后五束一排，两脚倒退即是前进。陈阿公告诉我们，插秧时两脚要站稳，马步要蹲好，手肘可以轻放在膝盖上，然后绝不是弓着背在插秧。那时候我忽然将平日的瑜伽练习与阿公想传达的意念联结起来，插秧时我们的背该是直的，像一道溜滑梯，并且要微微卷起尾椎，运用腹部的核心力量来使力，倘若背拱起来像一道彩虹，势必没多久就腰酸了。一直以来陈阿公地道的宜兰腔常让我听着听着就迷路了，但此时此刻我完全理解陈阿公，不由得在内心欢庆，为我们彼此靠近的心灵干杯！

搓草／虽了解水位控制的重要性，偏偏命运多舛，学习种稻那年宜兰的梅雨降得少，整个春季干燥少雨，实习田区所吃的兰阳溪水圳，就在稻田需要进水以防止杂草生长的时间点，足足枯竭了好一段时日，于是我们在烈日下就有了除不尽的草。面对杂草，阿公的方法是用镰刀微微割进土壤里，切掉一些土壤里的草根，接着再把割下的杂草揉成丸状，直接埋入稻禾的脚边，作为稻禾的养分。

至于福寿螺，当秧苗日渐茁壮，田里没清干净的福寿螺反而可以帮忙吃些幼嫩新发的杂草，所以陈阿公主张福寿螺并非一定要赶尽杀绝。像这样把敌人摇身一变，变成养分、变成吃杂草的小帮手，好像勾勒出阿公对于自然万物包容、和谐的态度。

田性、晒田 / 管理一片田区有诸多需要决策的环节，像是当稻禾逐渐分蘖、作柜（含苞）、弄花（开花）、结穗，过程中何时要施肥、何时要晒田、何时能收割，一切都需要经验累积。陈阿公觉得认识每块田的田性，就像了解每个小孩的个性特点一样重要，例如有的田，土层较深且泥泞，此时就要提早晒田；有的田会出泉，也就是田地底下有自然涌泉冒出，这时就要在水田四周挖沟，方便排水。

陈阿公教我们去观察一行行稻禾之间，倘若稻叶在视觉上都布满行间了，代表分蘖数差不多足够了，此时就可以开始晒田了。由于促进前期叶片生长的氮肥、磷肥多半浮在土面，后期接近结穗之前，透过晒田可让土壤表面干掉，稻禾根部一旦吸不到水分，就会往下找水、定根，同时也能吸收到较深层土壤的钾肥，提供结穗所需的营养，而另一方面，晒田也是为了让水田变干，方便之后大型收割机下到田里作业。

日晒米、倒挂米 / 七月，暑气渐增，来到了收获的时节，我们到田间判断稻穗的熟度。阿公说，如果一片田有七八成都差不多成熟，就可以收割了，因为若要等到全数的稻子都成熟，那些原本较早成熟的就会过熟，轻轻一碰稻穗就会落满地。而选在七八成熟，其余两三成就算是青粒，吃起来也无伤。

现在的收割机能将收割、脱谷一次搞定；另一种方法则是选择一束束手收割，用传统打谷机来脱谷。我们一部分的稻谷送到烘谷厂，以机器烘干，一部分则花了三天时间在邻近小学的广场日晒，每隔二十分钟翻搅一次，一次整成金黄色的山形，二十分钟后再拖曳成平面，两相交互，让稻谷均匀地晒日光浴。

日晒稻米虽然费功夫，但比机器烘干的香气与口感都更好，此外，我们也体验搭竹竿将稻穗倒挂，据说这样能让稻梗的养分及水分回流至稻谷，吃起来的口感更胜日晒米。只可惜我们的倒挂米先是被小鸟光顾，后来为了防鸟披上黑网布，却因不通风，稻谷在网布里发了芽，因此真正的口感如何就无从得知了。

编草绳、掌草、堆草垺 / 稻米收割后的稻草散落在田间，早期晒干的稻草会拿来编草绳、喂牛、铺盖屋顶，就算时至今日，用来覆盖种菜的畦面也十分方便。陈阿公教我们用手掌搓的方式将两股稻草揉成一股，再不断从中间添入新的稻草一起搓揉，以延长草绳的长度。当那样朴美的工艺在你眼前利落呈现，颇具震撼力。

草绳做完，田间还有无数散落的稻草，陈阿公教我们扎草的技巧，那看似没有“绑”或者“打结”的动作，却着实将稻草扎整成束，也是完美工艺的具体展现。我们将这些三角锥状的稻草聚集起来，展开堆草埒的大工程，一束束稻草自阿公所站立的中心点放射状排成一面正圆，再叠上第二层、第三层……只记得那天陈阿公手脚轻快利落，学员们如自动生产线不断递补稻草给阿公，以求无缝接轨，过程中有种屏气凝神的专注气氛，宁静且流畅地完成一座大型草埒。

长达半年的课程结束，同学们相约古道旁举办食米野餐会，大伙准备了各式“手路菜”、腌渍小菜，悉心品尝糙米、胚芽米、白米的滋味。被问及吃自己种的米有什么感想，老实说我觉得种稻的“手作感”并没有这么强烈，因为过程里有太多的人参与其中，仰赖了许许多多的人从旁协助，较难以直接联想眼前这颗米是自己生产出来的。但可以确定的是，刚碾好的新米，水分饱满，口感香弹，生平第一次觉得就算只吃饭不配菜，也觉得米饭好甜好好吃！

我想起了詹武龙曾说：“对农夫而言，把米饭送入口中的那一刻，才是真正的采收。”嗯，收割的味道甜甜的。

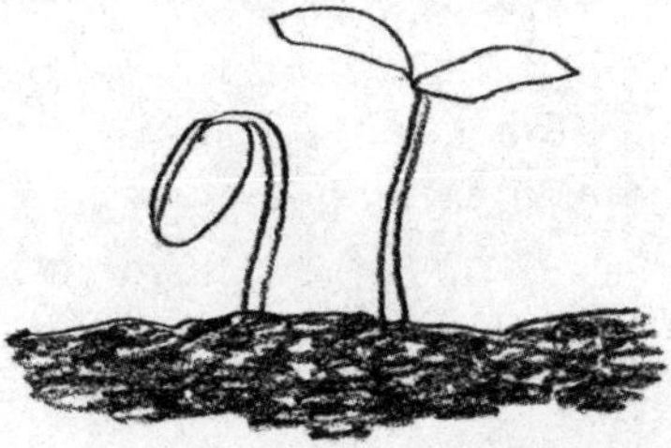

chapter 4

崭新生活

楔子

都市生活有一套隐而不见的循环体系：人们在体制内被雇用、被占据，以赚取报酬，然后身处在以货币为运作主轴的世界，再消费更多的物质与服务。这之间能自己掌握的少之又少，变动性大，生活仰赖在不可靠的事物之上。

农村生活贴近土地，对比一年四季都是冷气房的办公室，在户外耕作只能在意冬季穿暖、夏季透气，什么时尚不时尚也不重要了。然后耕作、饲养、料理、腌渍，每天就是想着三餐煮什么、该采收什么菜、盛产作物要如何丰藏，或者蛋生了没、哪时要吃鸡炖补，日子仿佛团团围绕着食物而生。五脏庙被祭饱了，多半时候心满意足，吃饱喝足村人聚首的地方是谁家的客厅、院子、树屋，或是山林水边，那些讲究装潢气氛的聚餐形式在此不太盛行。

事情回归到“实用”，实用的穿、实用的吃、实用的聚会地点，许多购买就显得非常多余。一旦消费减少了，生活多半能些微偏离物质循环，以更为独立自主的面貌呈现。

不被购买与消费绑架，始有余裕能探索工作之于人生的意义，于是在那份自由底下，生活一面在劳心的过程中沸腾杂沓如是进行着，一面又在劳动身体挥汗耕作的过程中洗涤净去，沉淀与释放之间，消长来去，试图找到更自在和谐的状态。

〈小地方〉

一直以来都算是害羞慢热的人，也从来不是人脉很广的那种类型，可来到农村，不管是旧识、课程认识、朋友的朋友，好像自然而然就会遇到志趣相投的人，仿佛这块土地直接帮你筛选出温和、亲近土地的人们。无论草根浓厚或者来自都市，他们多半谦和，可以聊耕作泥土、养鸡种稻，也能一同咀嚼人情世故。这些多彩的人们，自四面八方而来，于交会时互放光亮。

而且不知是否因为宜兰的人口少，在这里生活，只要出没公共场合，或参与了稍具规模的活动，十之八九都能遇到认识的人。就是在周四的流动夜市遇到了种稻班的同学，他们一家人正在弹珠台前专注拼奖品，小孩赖着不走；去演艺厅观赏现代舞剧，遇到了在文化部门工作的山社学长；去小学礼堂看纪录片放映，许多农友也坐落席间；在昔日的中兴纸厂欣赏来自日本冲绳的歌手演唱则遇到了植物染班的同学。其他诸如县内唯一的百货公司、文化中心图书馆、头城抢孤，也是本地居民容易巧遇的热点。

那奇妙在于，你只是去邻村吃个早餐，随意发愣就望见对街在便利商店前停下小货车的那个男人，不正是前两天去松罗湖露营随意闲聊了几句的向导阿伯吗？然后吃完早餐到一旁的小学旧校如厕，前来问路的女生就刚好是数个月前在朋友新开的餐馆一起看《路边野餐》同席在场的人。有时我讶异于自己仿佛身在《楚门的世界》里，几张固定面孔的角色穿梭在真实生活场域，农村远山的布幕一拉，这几十人就到后台领取演出费。

更甚者，这些在不同圈子与场合认识的人，他们彼此也或早或晚相识了。对比在都市生活时，人际是以自我为核心向外辐射出去，从自身拉出一条条线到求学各阶段结识的同学、各个时期工作过的同事，农村的人际网络比较像是一张密织的蜘蛛网，纵丝横丝彼此相连，热络且烦琐。

在小地方生活，世界是由认识的人所组成，所有的人在同一条船上。

〈儿时的突然造访〉

在我上小学、中学的阶段，学校离住家不远，同侪多半住在家附近，有时同学就骑着脚踏车到公寓底下，往楼上喊了名字唤我下楼拿东西。或是早上直接站在楼下等，押着我上学别迟到，一起步行去学校。高中以后全家搬到近郊一座山上型的社区，公共汽车的班次不多，若没特别约定来访的话，大抵都是平静的居家生活。有时我会怀念童年时期那种突然被造访的惊喜感，唐突中带点温暖；也会羡慕常有访客的那种家庭，人们来来往往、穿梭进出的欢腾气氛。

搬来宜兰后居住平房，门前就依着小巷，人们路过门口与其特地拨通电话联系，还不如直接喊门。于是就这样，H傍晚饭后来巷口倒垃圾，就在平房窗前喊我一声，然后进屋喝茶抱怨老公。邻居Xay随兴浪漫，常提几罐啤酒来找TN弹吉他。J下班后来邻村碾米，习惯带着满满的碎米与米糠来给小鸡添饭，顺道咨询工作及感情疑难杂症，了却心头事。还有家住附近也在耕作的K，送来了自制的盐卤豆腐、手工萝卜糕，顺便交换近日种菜心得。另有一回，P记错了聚餐日期，提前一天来访，啊，那就坐下来一起吃晚餐吧！此事被众人笑说这记蹭饭的招式高明，要学下来。

初来农村的第一年，我欣喜地被这日常的热闹淹没，我们总自嘲今晚“谁来晚餐”的特别来宾会是谁。加上TN好客，有天他天真地说着：“不如就把自己定位成庙公吧！将居家客厅视为半开放的庙埕。”

只是热闹或许是种陷阱，人们一旦三不五时被团聚的念头绑架，很容易忘了本来该专注的事。况且现代生活，拥有专注变得日益奢侈，人们在任何时候任何地方都可能自原本投注的事情中断开来，像是手机响了、电子邮件与社交软件不时跳出来的消息，加上身处农村，另有菜车广播、本产土鸡车广播、五金车广播，以及热情的邻人拿菜给你、朋友突然拜访，甚至邮差会停在门前大喊“×××挂号！”若动作稍微怠慢，邮差就以更加洪亮到街头巷尾都能听见的音量继续喊你，如同即时通信软件的已读功能，我们被迫在第一时间做出立即回应。

无论在虚拟或现实环境，我发现自己正处在一种透明且随时可被触及的状态，然而生活不该毫无限制地敞开，如何有意识地隔绝外在与噪声，是习得内在平静的首要之务吧。

〈复杂或简单〉

多年前去海岸山脉上的奇美部落，正遇上族人收割玉米，村子里家家户户派壮丁前来助割，一阵挥汗如雨的午后结束，众人来到当日主人家中享用丰盛的晚餐，等到下一回，换成谁家的作物采收，其他人再前去支援。那是我第一次认识乡野地方的换工，觉得那样的模式颇具美感。

但美感是需要距离的。搬到乡下后逐渐体悟到，当你在都市，生活所需的资讯几乎都能从网络找到，但在农村，无论是找租屋、找菜园、找水田，消息来去，许多事情都需仰赖人际上的口耳打听。又或者，在都市缺工的时候只要愿意开价，不论是工读生或发包工程都能找到人手；可来到农村，农忙时家家户户都缺工，愿意支付薪资也不一定能请到人，以及台风前夕人人急着割稻，此时就看谁跟代耕业者的交情好。

从前觉得乡下地方人情淳朴，一切美好单纯，如今身处农村，虽仍能感受到质朴丰厚，却同时也看见了乡野暗自流动盘根错节的农村政治。在这里许多事物丈量的货币是交情，比起金钱，是否展露了更为赤裸裸的现实？

我曾经因此对于是否要继续种稻感到十分犹豫，像稻米这样大面积的单一作物，或许下田除草、捡拾福寿螺、管理水位，还能靠自己完成，但是耕作前水田的粗打细打、插秧、收割脱谷，一般还是仰赖代耕业者的大型农机，其间烘谷之后的人力搬运、货车运载、仓库保存，也需要协力、商借或者租用。且就算你想以家庭为单位自行手插秧、手收割，其中仍有诸多环节需仰赖他人，比如借用传统脱谷机，以及协调晒谷场等。

对于一开始就知道将来势必要寻求他人协助才能完成的事情，感到几分麻烦与复杂。也明白了或许每个人都有适合自己的工作模式，无须勉强，有人喜欢团体协力，追求共同完成一件事情的热闹过程与成就感，有人则习惯依照自己的步伐独立作业。大抵知晓自己属于后者，喜欢安静、单纯稳扎稳打地做事情，于是暂且将种稻搁置一旁，终日只是带着一把镰刀、一把锄头去菜园开疆扩土，从锄草、垦地、播种育苗、搭棚到采收，一切过程就只是我与土地之间的事情了。

〈意志的边界〉

十年前还在学校的时候，参与社团登山、溯溪，过程里我习惯把感受放在第一位，任何事情感性至上，让自己去感觉山的静谧、水的流动。

开始耕作以后，我发觉自己再回头从事户外活动，心境有些不同了。耕作，尤其开垦这件事，我选择纯手工，一方面我没有机器，另一方面我也不擅长机器操作，更不喜欢机器发出的巨大声响，因此总是用小小的香蕉刀割整片的草，用锄头垦地翻土。同样是体力活，耕作与登山不同的是，耕作会有具象的展现，一座菜园几乎就是一个人意志力的具体成果。

自此投入户外活动时，我开始有意识地丈量自身的意志与身体。一回到南澳溯溪，我们在鹿皮溪的巨石间上上下下，我觉察到自己会大量仰赖双手，佐以蹲低的姿态缓步爬下大石块，我发现了人若是越不信任你的脚就越不使用你的脚，而越不用你的脚你的脚就越软弱，于是之后再去爬山，我便刻意锻炼连续上坡时大腿肌肉的耐力，我不想再凡事顺从感受性，我想锻炼，想逐步强壮。

耕作让我看见了自身的限制与力量的边界，耕作时每分每秒都在取舍，不能太快就喊累收工，也不要超过了身体能够负荷的程度。而这也像是瑜伽的练习，让身体筋骨摸索到那个微微痛着并微微舒服着的崖边，停留在那里，以后便能再往前走一小步。

身体有其边界，恐惧也有。小时候曾经溺水的经历，让我一直都有些惧水。与我同行溯溪的人，挑战着五米、八米的跳水高度，哗啦一声利落入水，我转头望向一米高的大石，想作为首次跳水的试验。

攀爬至一米高的岩壁预备跳水，觉得胆怯；蹑手蹑脚降至半米望向透蓝的果冻，还是胆怯；忍不住把头埋入抱着岩壁的手里哭了出来，哭醒面对，扑通一跳，水面下的时间长得令人慌张，一旦浮到水面上一切便得救了。

体会到跳水是在寻找自身的临界值，介于一点恐惧与不会害怕的那条细线，往前一点，往后一点，挪移线要放的位置，每走一步都在评估，都在试探。你当然可以把线拉得很远，直接投降去走山林陆路，可是又想知道，只身站在恐惧的前方，那条线可以挺进多远。

意志力的边界、肌肉的边界、筋骨的边界、恐惧的边界。在舒适圈以外，临界点最是迷人，事物的结果最是丰富。如同自然界的森林边缘、海口与潮间带，它们不正也是最富变化、拥有最多生物相的地方。

〈极简生活〉

还在都市工作的时候，下了班东区街上就是卖衣服的摊贩，疲累的身心眼见新潮缤纷令人心动的服饰，随意逛逛就买了几件，觉得被治愈。而那时候做采访工作，需要接触各行各业的受访者，总觉得自己经历不足，不理解社会，也不懂得问话，便时常买书，以为拥有许多书，自己的经历就能变得丰厚，只是买了却鲜少读完。

人们或许是心里有洞，某个区块无以满足，所以购物。搬到农村以后，远离了以物质为核心的社会，生活接了地气，逐步形成一道循环：三餐厨余以及农友提供的米糠、碎米供给鸡群食用，鸡吸收转化后成了鸡屎，定期挖起来放置堆肥区，过些时日待其完全腐熟后可作为耕作时的肥料，而菜园种出来的作物、鸡产出的蛋与肉可供人类食用，吃剩后的菜梗、鸡骨、蛋壳残余再给鸡吃。另一方面，吃剩的柑橘皮或凤梨皮加黑糖与水酿成发酵液，能取代一半的清洁剂，也能稀释来浇灌作物，增加土壤菌种，或者给鸡饮用，丰富鸡的肠道菌群。动物、土壤、植物之间，如此反复循环。

土地里还有草叶竹木等资源，若非必要不轻易购买，倘若有什么非得添购，那就是食物、生活必需品，以及实用工具。比方说工具书、农具、木作工具、料理用具，且购买前一定做足功课，再三评估，只买品质好与耐用的事物，以使用一辈子为考量。衣服因以实用舒适为前提，自然就会耐穿，且不容易受到新款潮流而产生欲望；许多书籍可向图书馆借，需要更加专注的工作空间也是向图书馆借；此外，夏季去溪泉不去游泳池；头发留长了有自家理发院，剪了短发顺道尝试shampoo-free，向洗发水说再见。

我也曾经觉得我们有这么多的护唇膏、乳液、精华液，却鲜少将它们用尽，试想“一支护唇膏完全用完”“乳液用到一滴不剩”，这样的经验有多稀薄，它们可能多半是过期了，或者发现了更好用的品牌，所以被丢弃了。我多想把现有的这些物质使用到底，然后就不再添购。

尽可能让货币蒸空，尽可能看不见货币，如果有人要说经济会因此败坏，那我期待它崩坏至底，我们就能重获新生。

〈解放身体〉

穿过雪山隧道，客运像生产线把我们一个个吐出来，继续输送到地底下的捷运线，交错穿梭。明亮的捷运车厢是我每回从农村转移到都市家乡的第一个地点，也总在那时我才会发现指甲缝还有清不干净的泥土，且我的裤管是卷着的，脚上有双拖鞋。对面座位的人穿戴整齐，或睡或看手机，对面还有一整列车窗玻璃像镜子一样映照你、逼视你，身旁或坐或站还有各式面孔与装扮，在视觉上几分浓烈，紧紧贴近。我并不感到特别自卑，只觉得自己突兀，然后想起在农村的时候，因为所租平房的浴室镜面已模糊老旧，我鲜少照镜子，因此不像住在都市的时候常会端详自己的面孔。而农村邻人与你说话，甚至不会注意到你刚剪了头发，也不会多盯几眼你今天穿得邋遢还是整齐，他们看你像看一个概略的轮廓，他们比较容易发现你门前盆栽多了哪些植物远胜于你的外貌细节。

或许农村宽阔，彼此站立说话的距离没这么紧迫，也或许外貌从来不是农村的重点，实用才是。少了观看与被观看，身体拿回了自主权，我们没有一出门就必须漂亮的义务，好好打扮成为一个选项，视场合需要而生、视心情而生。于是年过半载，过往买的合身牛仔裤与厚重外套尽可能捐了出去，身体已逐渐习惯轻盈，并发现自己在农村最常穿的是雨鞋，万能的雨鞋带我去菜园、去山上采土、在下着雨的菜市场走跳，其次爱穿的是拖鞋，好像脚再也不习惯被整齐地包覆了。

在农村的居家活动范围，喂鸡与耕作、菜市场与图书馆往返之间，我同时习惯了不穿内衣，这是在都市的自己万般难以想象的。酷热的夏季在菜园里工作，带钢圈的内衣是极不舒适的，运动内衣勉强能接受，但体验过不穿内衣的舒适畅快，有时很难再回去了。只是不穿内衣有其诀窍，我逐渐摸索到胸前有双口袋的格子衬衫、小碎花或普普风拼贴背心、正面有缝布或胶彩图样的T恤，它们都是解放胸部的最佳神器。然后也在此时想起弟弟曾与我闲聊，说他所待的服务业有秘密客制度，那些伪装成顾客要来探查店员接待态度是否良好的脂肪人士，总会穿着那种缤纷花样朵朵开的夏威夷衬衫，这类服饰比起素色衣服更能让微型摄影机藏在领口不被发现。于是碎花模糊了摄影机，也模糊了胸部，迷乱了你的视觉。

历经了身体的解放，剪平头是我从前就不断出现过的念头，于是决定在搬迁农村的次年夏天，在这个实用风气当道的地方首次尝试解放自己的头发。我们将平房客厅的窗帘拉上，搬出尘封已久的穿衣镜，备妥剪刀与电动剃刀，为了避免草率后悔，TN以慎重渐进的方式循序剪剃，像雕塑一样在静谧的午后专注完成，我那旋涡分流杂乱又自然卷的长发，一次次变得更短、更接近想要的样子。本来只要求能让我敢走出家门的程度就可以，却在剪完后觉得过往的疑虑根本多余，短发没这么困难，有个耐心陪伴的设计师能让你勇敢即可。谢谢TN帮我达成这个心愿。

身体不去承担他人价值观钳制下的载体，仅作为自身清爽舒适的实践领域，这样走着的自己，觉得自由开阔。

〈过多的方法〉

如果说追求极简生活是在物质上进行解放；而身体对于自在舒适的重视远大于他人的评价定义，属于身体上的解放。那么关于知识的企求，或许也能自框架中稍稍松脱。

不知从什么时候开始，耕作知识变成一种可以高价贩售的事物，数千元以至于上万元新台币的短期课程，里头那些自国外学得的知识很昂贵，充满了各式方法与窍门，因而取得知识变成了一种门槛，隔绝出有无能力支付学费的耸立高墙，拥有知识的人创造出一门替知识贴上高价标签的独门生意。

我也曾经站在知识高墙的外头感到焦虑。在还没养鸡之前，为了解决每日生成的厨余菜渣，找来许多书籍并上网查阅，翻看五花八门介绍的各种堆肥方法，耗氧厌氧、各式菌种，看了越多越是心生困惑，不知如何着手。后来我索性不采用任何资材，就只是把厨余放置在土壤上面，我相信自然的力量会让它们变成土壤，只是时间早晚、速度快慢而已。果真它们就随着日子慢慢被分解掉。

我回想自己关于耕作进步最为明显的时期，就是实际开垦了一片荒地，然后依循季节，种下了非常多样的作物。我花了很多时间在菜园里观察，贪看作物的日日变化、辨识杂草的形态，并用双手直接摸土、感觉土壤，回到家里便趁记忆犹新之际立刻打开笔记本，把作物的生长状况一一记录下来，一面翻看各类耕作书籍。我会在不经意的时刻忽然想通了黏土菜园最适合翻土的时机，或者邻人提点“荷兰豆怕鬼”背后真正的原因。我在头一年种过所有我能取得的作物种子与种苗，在次年根据前一年的经验再行调整。本来邻人对于你不用农药也鲜少施肥都抱以怀疑态度，突然有一天他们主动夸奖你的木瓜树是这附近种得最漂亮的，问你的高丽菜未施农药竟无虫蛀，是如何办到。

关于耕作我还有好多要学，但突然间我从种菜“家家酒”变得有自己的风格方法与心得。在这个寻求快速收割的时代，我们都容易心慌，容易急躁，好像若能取得什么具体的操作技巧、立竿见影的方法，事情就能马上解决了。但世界变化得很快，很多资讯不停不停地冒出来，也许真正的知识是无法购得的，唯有以自身经验累积为基础，一面观察、思考、修正，才是最可靠的。

〈免费的自由〉

夏季很热的时候，无法在屋子里专心做事，当然也无法耕作。租来的房子没有冷气，我也不想装，吹冷气会让我鼻子过敏，鼻水奔流。所幸宜兰出了名的多水，邻近有涌泉，山脚下有溪流，远一点有海湾。涌泉的气泡不停从水底冒出，水温最沁凉；溪流被阳光照射之处，水温适切；海洋咸了些，但温度最暖，泡在水里让太平洋团团将身体包覆其中。

秋冬身体想活络的时候，却遇上宜兰的细雨连绵，仿佛一场永不止歇的剧幕。此时H与我相约打桌球，这是少数不受雨天扫兴的活动。我们听闻，做爱与投入运动的时刻，脑内会分泌一种叫“多巴胺”的物质，那会令人心情愉悦。而桌球这个同样是双人、精密细致且一来一往的运动，在精神最投入与体能最高昂的时刻，我们笑说能感应到对方正在“高潮”。

我的工作形式是弹性制，TN则是周间排休，于是我们放假的时间与多数人分开，因而原本假日人声鼎沸的步道，平日走来却几无人烟，还能在瀑布前的木栈平台练习瑜伽；我们偶尔也会去泡野溪温泉，或骑单车在乡野随处探看。因着那份闲适静谧，常觉得我们像被世界遗忘的人。

泡温泉、桌球、单车与步道，想想在这里获得的快乐，许多都是不插电且免费的。一旦快乐不需仰赖金钱购买，快乐便能自给自足。

还在都市的时候，因为采访写作是一项生产内容的工作，有时会感到心智耗竭，我兴起了回到校园上课的念头，便查了课表，决定到台湾大学进修任何感兴趣的通识课。通识课是由一群不同科系的学生选修，我想若有陌生人掺杂其间，我也就不会显得突兀了。于是为期半年，我像校园片里卧底的社会人士，潜入了椰林大道，潜入各系馆古迹，修习了天文、演化、昆虫、西洋建筑史、建筑与空间等课程，在上百人的阶梯教室里感受时光凝结，知识沐浴，我总是静静地收获，笔记、阅读，感受心灵澄净富足，一种被滋养的快乐。

与身边的人聊及此事，人人的见解不同，有人觉得我的行为对其他支付学费的人并不公平，是否有挤压他人权益的可能。但也有朋友提出，许多事物皆能成为商品贩售，唯有教育绝不能被商品化。

暂且将不同的价值观搁置一旁，后来在校园巧遇一位高中同学，她怀孕生子后开始以旁听生身份修习中文系研究所课程，此外，我也发现通识课教授对于校外人士旁听的态度十分开放，我们也能像其他学生一样向助教申请账号，共享教授上传到该门课的简报与讲义。

大学没有围墙，仿佛已在诉说，只要你想学习，是永远不会被拒绝的。知识不该有穷富的分野，快乐也同样。

〈让什么买走灵魂〉

有时候会想，工作只是为了赚钱吗？如果你生产的食物够丰沛，你的物质欲望很低，如果你其实不那么想仰赖金钱，还会想要工作吗？我曾在英国作家阿兰·德波顿（Alain de Botton）的《工作颂歌》中读到，即便在今日社会，工作有这么多的恶名，但不可否认的，工作是人的一生中，少数能专注其中，并且用自己有限的知识力量掌握的事情，它让我们在更多的人生问题中有所聚焦。而另一个肯定工作价值的观点是，朋友H认为“工作是与这个社会产生联结的方式”。以写书来说，当一本书被看见，就是创作者与读者展开对话联结的起始。

只是，有些工作占据了很长的时间，有些工作则偷走了你全部的心思。或许当人们在抉择将投入什么工作时，其实就是在选择让什么买走你的灵魂。我于是不断在劳心与劳力之间，希冀取得更好的平衡、一种更健康的时间调配，不至于让心思遭受大浩劫，也不至于过度压榨体能。家庭菜园的耕作规模提供了很好的劳动条件，又或者每周几天的打工也能提供定时定量的社会接触。我们的社会一直很注重社会经济地位，好像非得要有个响亮的正式头衔才算是工作，但就像法国人三十几岁了也可以在咖啡馆打工，赚取日常开销，我们是否可以采取一种不那么功利的视角，从劳心与劳力均衡配置的切面，重新评估工作之于人生的角色。

除了养鸡种菜生产基本所需，另一方面，我延续从前的出版工作，以自由接稿的方式赚取生活收入，有时脑力过度消耗，我间或穿插农场或苗圃劳力工作，有时接案不济，也会心生回归正职工作的念头，过回每月有稳定收入的规律生活。我相信工作之于人生，是恒常重要的课题，也因此才会尝试许多工作，试图在其中寻求更和谐的状态，也不断思索工作在人生中的意义。

〈撰文工作：自由的代价〉

有段时间我没在工作，将那段时日视为一段空当。不工作的前几个月，我耕作，用纯然的劳动将心灵淘净，再一格一格收纳入各种形式的阅读，我将所有待办琐事一一解决，几度感受到前所未有的真空状态，轻盈无比。

但这个社会是不容许人们花费着时间却毫无生产。于是我开始展开自由接案的工作，刊物文章、民宿采访、杂志插画，机会窜流着，用履历哄抬自己，然后再深深怀疑自己，感受多方尝试所带来的快乐、多方尝试所带来的恐慌，于是昨日积极今日消极，一会激情昂然，一会掉入恐惧的深渊。

自由接案会让生活中充满许多新鲜的事物，但一方面也交杂混乱与不安定感，它的自由提供时间与创造力的最大化，但在你低潮无力的时候，毫无边界的自由也会反过来吞噬你。此时我似乎能明白朝九晚五的好，如此省事，当一头适合驾驭的牛，抱怨着不自主、抱怨着通勤与办公牢笼，但那就是人们要的，人们就是要不自由，因为那不用多想，不用时时为自己的人生方向做决策。

自由的代价一直很高，用混乱与怀疑来偿还，想趁早在路上，做个只知前进，而不用抉择路口的人。

〈撰文工作：东部的路〉

我记得那条长长的笔直的路，鹿野到关山，相减的数字是十四点六公里，在卫星导航上也是直直的一条线。透过挡风玻璃，由于前方没有弯道的缘故，反而能见到大路像海浪一样起伏，纵谷里的海浪。

这段路在此行走了好几回，一次南下铁花村听胡德夫，夜里再静默地北上，回到当晚的住所池上，来回共两个小时，就为吹一道太平洋的风。一次摄影师的镜头忘了拿，又驱车往池上，再返回当晚入住的延平乡，那晚吃了瑞源的粄条，朴素的小店却播放lounge bar（休闲酒吧）的音乐，上了年纪的男老板还穿了耳洞，他离屏东内埔老家两百里，所以店名“两百哩粄条”。

最后一次就是出差第六天了，那是阳光明媚的周日午后，红叶少棒队的体育盛事、杭菊妇人的采收盛事，沿途自眼角掠过，顺手捡拾，自此以后一路向北七个小时，初鹿、鹿野、关山、池上、玉里、瑞穗舞鹤的山路、大富造林地、寿丰、花莲市，行经苏花公路已是入夜之后。

出差一天，写稿一天，是快乐。出差六天，写稿六天，是被追杀，被一万五千字追杀，被一万五千元新台币追杀，期间要对抗惰性、分神，对抗即将流失的记忆，以及对抗浪潮般过往对花东的情感汹涌覆盖。我不耕作了、不洗衣晾衣、不认真吃早餐，日日在稿债里流亡。

今日完稿，宛如大病之初愈。

〈撰文工作：尚未被命名以前〉

被截稿日逼急的所有产出都曾经历了苦痛，那是真的疼，在日常生活里血肉拉锯，每一回都要重新穿越那条深黑不见底、窄小且曲折的扳回意志的漫长之路，那力道总是百般沉重，重到足以将灵魂用力拔除。

毫无目的的创作距今已很远很远，远至童年暑假的书房，总在那道面墙的长桌一埋头就是数小时，无所为因而好坏无所谓，因而快乐纯粹。

如何不让货币买走你的灵魂，如何跃过货币直指事物的本质，如何返回童年返回一切创作尚未被命名以前。

〈教学工作：校园随笔〉

有段时间替杂志画插画，朋友说你是做文字的，怎么敢接插画啊！我说，既然有人敢找我，我就敢接，就像森林小学的教育工作一样，我完全没有儿童教育经验，但倘若面试的前辈觉得我可以，我没有理由不去尝试。

只是这份工作让我吃足了苦头，在全校近百人的校园里，整日穿梭在不停流转的对话中，每日像一台大型洗衣机疯狂搅拌，我更体会到儿童教育工作不是只有分享知识的热情就够了，它更贴近于一份表演工作，你要懂得使用声音、表情与肢体表演，习惯于吸引众人目光，解读眼前的群性、掌握群性，并即刻回应，偏偏这些都不是我擅长的。纵然如此，我仍旧很高兴人生里有这段时间能够大量与孩童相处，最初小学生对我而言只是一个集合名词，自此以后，我开了“儿童天眼”，能见到六个年级之间的差异与历程变化、各式各样的孩童性格，然后同时也从他们身上反思自己的童年与学习阶段。

南势溪 / 天还热的时候去溪边，充当人墙水坝，将上游随溪漂流的小孩用自己两只小腿拦住，他们在我脚边回归现实，溪流的梦醒时分仰头与我对望，随即认命拾起鱼雷浮标往前回溯，周而复始的循环不腻。

性感 / 有人三年级嗓音低沉万分性感，但性感之余最爱吃海苔（吮指）；有人二年级聪颖懂事，但懂事之余坦白最爱扫地，扫地对她而言就像在开派对；有人怯怯地请求不要点她在全班面前念课文；有人望见昆虫两眼发直；有人徒手拿蛇；有人野性不羁像海伦·凯勒；有人老成到说盈莹今天上课太紧张了。

斯德哥尔摩症候群 / 前些日子抱怨着时间与心思都被学校占据，假期来了我却满嘴满脑子都是学校的事，像极了人质爱上绑匪，抗拒到了最后便是心一瘫软，随它去吧。

校园活动 / 开学第三周，想带学生种菜，辟了一畦土，种了大白菜、苋菜与南瓜，因为没有事先育苗，叶菜都死光了，南瓜苗还被狗叼走；自然课到溪边捞蝌蚪，有人换水时蝌蚪流进水槽，有人的蝌蚪变成小青蛙，有人的小青蛙死了，总是在周一到校的上午接获蝌蚪的讣闻，成为每周初最大的压力来源。导师课无所事事，开放教室给小孩在墙上涂鸦，趁天光午后难得无人，画了一只扁锹形虫在梁柱上。白墙永远比画纸禁忌，而越禁忌越快乐。

卧底 / 学期初始不久，跑去剪了短发，收到小学生的恶评如潮，但因为事前打了强心针，本就预知小学生的嘴又直又坏，倒也无妨，却因为这颗头，几位家长搞不清楚新老师是哪位，有人把我看成六年级学生中的某一个。觉得自己像电影里偷偷潜进高中校园密谋办案的社会人士。

六年级 / 语文课已放弃分享我心中那些曾经令我动容的美的事物，回归百般不愿面对的儿童品味。一切必须具体可感成为选材准绳。六年级的语文课，最令我耗费大量眼泪的一门课，体会教育现场就是不断试错与修正的经验循环。

临时动议 / 每个周五午后全校一起开生活讨论会，六年级主席问："有老师或学生有重要事情宣布吗？"一年级新生举手："我刚刚，刚刚在厕所，发现了，一支铅笔！"（同时举起握住黄色铅笔的右手）。师生报告后，高年级主席又问："有人有临时动议吗？没有的话散会。"班上的二年级女生一日问我，为什么每次"零食动议"都没有人发零食。

泰雅妹妹 / 校园里与我最熟稔的是一个就住学校旁的泰雅学生，一个眼睛圆不溜丢的六年级女生。她的作文与造句不外乎出现"狗""飞鼠""射鱼""钓鱼"这些词汇，一次造句作业写了"我整个周末都待在乌来山上”，我错以为是抱怨句，后来才知晓她六年来每个学期的校外教学都没参加，因为她喜欢待在山上，不轻易下山，也不喜欢一群人出游。我才回想起那句造句原来是炫耀。

我最常与她打篮球，或坐在校园藤椅上吃饭聊天，她偶尔问我：“你觉得我打球有变厉害吗？”我都会回：“我觉得你一直都很厉害。”此时她就会腼腆地笑。一回我说想搬到山上住，就不用每天通勤了，正当我以为她会回说哪个亲友家里有房屋出租，她则是说：“如果你搬来山上，就有很高的概率可以看到我潜到溪里射鱼。”她偶尔也问我可以在溪里憋气几秒、在溪里有办法睁开眼睛吗，以及有到山上挖过竹笋吗，然后惊讶地质疑我，所以你到山里面就真的只是爬山而已？

她喜欢乌来的溪，可是就喜欢跟爸爸两人去溪边射鱼，野外课讨厌一群人挤在溪边。她在学校的人缘很好，篮球、躲避球，女生团体她几团通吃，但她就是无法跟一群认识的人挤着挨着活动。原本资深老师想迫使她这学期参加校外教学，觉得她总该离开这座山，后来老师回心转意了，觉得这人或许就这样一生素朴，何苦要她投注喧哗。

漂浮感／中年级的小孩太暴动，每回的自然课堂我都有些狼狈，疲于应对每只不按牌理出牌的野生小兽。六年级的小孩太淡定，我一人在台上演独角戏，他们究竟喜欢还是无感，难以分辨。喜欢与小孩相处，但时常站在讲台上有种漂浮失根的感觉。一学期过去了，体会到教职并不是有话想说就足够了，它更近乎是一种展演，与写作时的静静诉说截然不同。

〈教学工作：孩童神秘〉

中午吃饭的时候，学校的小孩喜欢捧着便当盒在广场边的长排藤椅上看人打球、找人说话，一日阿同坐在藤椅的扶手上与我聊天，讲着讲着突然停顿，伸手到嘴里把一颗血淋淋的牙齿取出，维持他那一贯淡定的酷企鹅眼神若无其事地说："这个礼拜第二颗了。啊，刚刚讲到哪里？"我瞪大眼睛无法镇定，惊讶地问："你刚刚掉牙齿吗？怎么完全不会痛？"他回答我："换乳牙啊，我比较慢，到五年级还没换完。"

啊，是乳牙，长大以后再也没听过的名词，自从重返校园当起森林小学的教师开始，初次看到草绿色格纹的注音簿、图书馆满室的儿童绘本，那些遥远如前世记忆的符码猛然跃入眼前，都必定心头一惊。然后贯穿前世今生毫无变化的是，他们仍然在玩大白鲨、红绿灯，这些万年不腻的游戏，其中穿插每隔一阵子校园里时兴的新流行，诸如蛇板、独轮车、彩色橡皮筋手环或缠绕画。

或许步入婚姻生了小孩的成年人，也同我一样在没有默认的情况下突然闯进了童年时期的经验循环。在这座近百人学生的校园里，每位老师会分配到十多名混龄的学生，与他们在同一间教室一起吃饭、一起游戏活动，时间到了他们就带着课本跑堂，像大学生一样到各自的必修或选修教室上课学习。本来小学生对我来说已是一个模糊笼统的集合名词，踏入校园以后，每个年级间的刻痕尺度逐渐从水面下清晰浮现，各个年级的孩童样态有着极大差异。比方说一年级新生，身上仍带有浓厚的动物性，仿佛黑暗洞穴里的幼兽初入人类校园；到了二年级逐渐熟悉了团体社会的运作流动，就如小鸡一样伸了伸刚换羽的翅膀，开始试探性地逗啄他人，丈量自身能耐；而中年级就一直是校园中最肆无忌惮的阶段，他们在校园里同时老练同时青春，无所胆怯与包袱。来到五年级步入成熟的前奏，六年级就是衔挂着下一阶段的担忧与雀跃，一面交杂这六年来的聚首离别之伤感，并在身体隐隐跃动着青春期的序曲。

在这样一座混龄杂烩的校园里，师生有大量空闲一起相处对话，他们习惯直呼老师的名字，我却不曾觉得不被尊重（以及到底是要尊重什么呢），甚至觉得那样的直呼有些甜蜜。空闲时间里，我习惯一同参与他们的游戏，那让我感到趣味与热切，且无论哪个年级的小孩，都时常能在他们身上瞥见类似野生动物的神秘性，有时会临界于不合理、些许毛骨悚然的边缘，令我有几分着迷。一回放学前玩鬼抓人，全班都被抓到了，只剩五年级女生Y，放学铃声一响，所有人一哄而散抓起背包赶校车。隔日我问Y昨天到底躲在哪里，她偷偷跟我说，自己近乎把身体凹折起来，塞进我办公桌旁的铁柜里，并相当得意自己的筋骨超软，只是她也坦言独自躲在铁柜里是有点害怕的，心想怎么就没人来抓她。我揣想那样漆黑闭塞的贴身密室，折叠的背、独自怦动的心跳声，与一墙之隔他人的脚步喧闹，她那既胆怯又兴奋的情境。

还有二年级的N，一个自尊心极强且相当好强的小女生，一回我们坐在广场藤椅看高年级打羽毛球，我问N会打羽毛球吗，她先是点点头说会，接着又说："其实没有很会，我每次都在看那颗球，被打出去的时候前面白色球球是朝对方的，为什么被对方击中就马上就转成另一个方向，它到底是在什么时候转方向的？"她问了我从没想过的事情，那么真挚清透的提问，而她看出去的世界又是何等精细特写的慢速镜头，让我会心一笑好一阵子。再有一回，几个小孩闹哄哄跑进教室说："N钻到地板下面了！"我到外头一看，见到身形瘦小的她，把后院几片脱落的南方松木板掀起，屈身钻入木板底下与泥地之间那极其低窄阴暗的狭缝匍匐前行，如同远古猛然甩尾遁入地底一路震撼脉动的巨兽，我等围观的村民盯着她的身影亦步亦趋，甚至从木板的缝隙往下探见她抬头用那双灵动的大眼向我顽皮又得意笑着，直到她从侧边接连的干沟钻出，见她一面拍落沾满身的落叶与泥土，一面洋溢着神采飞扬的气息。

那些人体上的不可能、奇异的场域、超常坚定的意志力，总让我与鬼片或恐怖漫画产生联结，其莫名的异样状态、脱轨、失序、极端，不正与孩童身上独有的尚未社会化的奇怪与突兀相互呼应吗？

〈劳力工作：静静的劳动〉

今早同样去上瑜伽课，在动作定格的时候感受到汗水一滴滴渗入瑜伽垫里，嘴角还不慎吃到自己的汗，头一次发现眼泪尝起来是实心的苦味，汗水却是酸的、空心的味道，带点刺激性的化学感，没有眼泪好喝。

下午去了田里，本来只想拔草与采收地瓜叶，却无意间开垦了新的菜畦，一旦开始后便失心疯、迫不及待，锄头停不下来，锄田时弯着腰、双腿呈现A字形，类似瑜伽的“站姿前弯”，同样汗水一滴滴渗入，只是这回渗入的是泥土。

剖向土壤深处时，总有股隐晦的土闷味冒出来，想是阳光照耀不到，因而在这里涵养了几日前的雨水。这回上福山暑期工读的内容是帮忙整理苗圃、清点苗木。那是一座座黑色网布搭建而成的网室，也有几片位于纯户外，我告诉同事这是我梦寐以求的工作，他听来不可思议，因为实际情形是网室有些闷热，长年累积的苗木杂乱无章，附近还有株刚结虎头蜂窝的大树，偶尔提心吊胆，以及屈身趴在地面寻找树木的旧牌，常会被爬到身上的蚂蚁叮咬。即便如此，我仍真心喜欢这般不受打扰地在大自然里单纯劳动，几回远处有猕猴跑来，站在黑棚上方好奇又防卫地观看工作中的我，我近乎雀跃得想哭，那是一份只有我穿越经历的片段，无人能做证的迷幻时刻。

后来我明白了，我所有的喜欢其实都指向同一件事——静静的劳动。瑜伽、耕作、苗圃打工，以及昔日的登山。

〈劳力工作：山里的蝉鸣〉

晴朗八月的某一天，当我低头在苗圃整理那些像荒冢般凌乱的水生植物盆，宾哥打破宁静说：“秋蝉开始叫了。”我说你如何分辨秋蝉，他说夏天的蝉叫得响亮，甚至在林子里听来刺耳逼人，但秋蝉叫声绵绵，一阵一阵，一音一音，像天凉午后的睡眠。

我想起曾经一起在福山工作的R率先向我说，她在这里听到一种从未在台湾中南部听见的蝉鸣，觉得有点像哭声。后来我看到有部日本电影名为《寒蝉鸣泣之时》，才知道“寒蝉”也称“秋蝉”，或是“暮蝉”，总在傍晚才开始如哭泣般鸣叫。

一次去清境农场采访，在无人的羊群旁，摄影师安静拍照的时刻，我听到了类似的暮蝉鸣音一阵阵响起。一时片刻声音唤醒了福山的记忆、身体劳动的记忆，又或者每当我想起福山的夏天，就会想起躲在人们未见之处，如铃声清脆的暮蝉，时常把一整座山都笼罩住。